체트니크가 만든 아이

장경선 지음

체트니크가 만든 아이

| 차례 |

연애편지

오늘도 남자애들은 세 무리로 나뉘어 자기 정체성을 드러낸다. 교실 앞쪽 창가 무리와 뒤쪽 사물함 앞에 모이는 무리 그리고 복도를 점령한 무리다. 세 무리는 관심의 영역도 노는 방식도 완전히 다르다. 쉬는 시간이면 세 무리가 먼지 덩이처럼 우르르 몰려다녀 나와 사라는 그들을 먼지 덩이라 부른다.

알리오사에게

일주일 전만 해도 '아리안에게'라고 적었지만, 이제 '알리오사에게'로 바뀌었다. 이 사실을 알 리 없는 아리안 녀석이 복도에서 꽥꽥 소리를 내질렀다. 얼굴 가득 성난 여드름이 덕지덕지 난 녀석은 변성기가 왔다. 가수의 꿈을 향해 달려가는 건 좋은데 자신이 소음공해의 주범이란 걸 제발 알아차렸으면 한다. 수업 시간에 한눈팔다 눈이라도 마주치면 한쪽 눈을 찌그러트리며 윙크를 해 댄다. 소리 없는 '빵야'를 외치며 손가락 총을 쏜다. 그 순간 내 눈은 오염되고 만다. 손등과 목덜미에 송충이 한 마리가 스멀스멀 기어다니는 듯 소름이 돋는다. 버터를 통째로 삼킨 듯 느끼해서 토할 것 같다. 그럼에도 불구하고 옆 반, 그 옆 반 여자 애들까지 아리안에게 빠져 허우적댄다. 나의 절친 사라는 아리안의 노래가 자기에게 바치는 세레나데라고 우기며 애면글면했었다. 그랬던 사라가 전학생 알리오사에게로 돌아서 버렸다. 막강한 스트라이커의 출전으로 아리안 선수는 아무것도 모른 채 의문의 1패를 당하고 말았다.

"내가 먼저 찜했다. 눈독 들이면 알지?"

나에게 경고장을 날렸던 사라 목소리가 한껏 달떴었다. 그 바람에 나는 사랑과 우정 사이를 잠시 고민하다 우정을 택했다. 딱 내 취향이었는데.

내일까지 사라에게 연애편지를 써 주기로 했다. 연애 성사의 관건은 정보력이다. 상대의 일거수일투족 관찰은 기본 중에 기본이고, 장점과 좋아하는 일을 제대로 파악해야 한다. 나는 연애편지 대필 사업을 하며 철칙을 세웠다. 반드시 성사시키기. 그런데 사라가 내 철칙을 깨트려 버렸다. 애쓴 보람이 물거품이 되고 말았다. 곧 아리안에게 입질이 올 뻔했지만 사라가 알리오사로 갈아

타 버렸다. 속이 쓰렸지만 의뢰인의 요구사항을 최우선시하는 고객 만족 1위 대필가가 아닌가. 사라의 만족을 위해 아리안이 아닌 알리오사에 대한 연구를 치밀하게 했다.

본격적으로 연애편지가 오가면 꽤 시끄러운 날이 펼쳐질 것이다. 선불로 받은 햄버거와 콜라는 이미 배 속으로 들어가 버렸다. 보통은 집에서 연애편지를 쓰지만, 오늘은 내 생일이다. 엄마와 사라예보 최고의 체바피◆ 전문 식당에서 생일 파티를 하기로 했기 때문에 미리 써 두려고 한다. 솔직히 가장 좋아하는 체바피를 먹는 일보다 엄마에게 받을 선물 때문에 가슴이 설레다 못해 터질 지경이다. 몸은 교실에서 연애편지를 쓰고 있지만 내 마음은 이미 식당 창가에 앉아 엄마를 기다리고 있다.

알리오사에게

네가 모스타르에서 전학 왔다고 해서 깜짝 놀랐어. 체바피 하면 모스타르에 있는 '로타'잖아. 난 체바피를 정말 좋아하거든. 혹시 거기서 체바피 먹어 봤니? 진짜 맛있니? 올여름에 모스타르에 가서 꼭 먹어 볼 작정이거든.

알리오사는 전학 온 첫 날부터 간단한 자기소개와 함께 사람 찾는 광고를 해 우리의 배를 움켜쥐게 만들었다. 구인 광고 속 금

◆ 보스니아 전통 요리로, 빵에다 구운 소시지와 생양파를 넣어 먹는다.

발의 애나가 엄마의 조건과 너무 비슷해 깜짝 놀랐다. 마흔 살에 작은 키, 고향이 모스타르라는 것까지. 정말 우리 엄마가 아닐까 의구심마저 들었다.

애나라는 여인은 알리오사네 아빠 친구인 케난 아저씨의 첫사랑이었다. 케난 아저씨는 보스니아 전국을 돌며 첫사랑을 찾고 있다나. 알리오사는 그런 아저씨를 위해 자신이 발 벗고 나서게 되었다며 적극적인 홍보를 부탁했다. 사라가 냉큼 나타샤네 엄마가 애나이지만 금발은 아니라고 떠벌리자, 여기저기서 남자애들이 자기네 엄마도 애나지만 키가 167센티미터라거나, 나이가 50세라는 둥 벌떼처럼 나댔다. 나는 엄마 머리카락이 원래 금발이지만 염색을 해 짙은 밤색이 되었다는 말은 하지 않았다. 사라예보에 애나라는 사람은 바닷가 모래알만큼이나 많기 때문이다. 다행인지 불행인지 알리오사의 광고는 삽시간에 학교 구석구석으로 퍼져 나갔고, 사라예보 전체를 휩쓸 태세였다.

'잰 엄마 아빠 중 누굴 닮았을까?'

알리오사에 대한 첫 느낌이었다. 우리 반에서 가장 큰 나보다 한 뼘 정도나 컸다. 아빠 키를 닮은 나처럼 알리오사도 아빠를 닮았을까? 참, 애나는 찾았나? 물어봐야지.

알리오사에게

네가 모스타르에서 전학 왔다고 해서 깜짝 놀랐어. 체바피 하면 모스타르에 있는 '로타'잖아. 난 체바피를 정말 좋아하거든. 혹시 거기서 체바피 먹어 봤니? 진짜 맛있니? 올여름에 모스타르에 가서 꼭 먹어 볼 작정이거든.

너, 우리 보스니아의 축구 영웅 에딘 제코의 광팬이더라. 나도 그런데. 에딘 제코가 뛰는 맨체스터 시티 경기를 모두 챙겨 본다고 했지? 나도 그래. 취향이 너무 비슷해서 깜짝 놀랐어. 경기장 같이 갈래? 너랑 가면 훨씬 재밌을 것 같아서 말이야.

혹시

"뭐 해?"

앗, 깜짝이야. 알리오사가 고목처럼 서 있었다. 교과서로 편지를 가리고 있었기 망정이지 간 떨어질 뻔했다. 사라와 있을 줄 알고 방심했다.

"생일인 줄 미리 알았더라면 선물을 준비했을 텐데. 이거라도 주고 싶어서."

알리오사가 동글동글한 오렌지 두 알을 내밀었다.

"고마워. 잘 먹을게."

오렌지를 받는 내 손가락 끝이 미세하게 떨렸다. 못 봤겠지.

"혹시."

"혹시 뭐?"

뭐야, 본 거야?

"혹시 티켓 구했냐고?"

휴우, 깜짝이야. 내가 '혹시' 뒤에다 쓸 문장을 묻다니.

"아마도. 넌?"

"아마도. 같이 갈래?"

"난 엄마랑 가야 해서."

아쉬운 듯 녀석이 어깨를 으쓱해 보였다. '아마도 넌 사라랑 가게 될 거야' 하는 말을 삼켰다.

"애나는 찾았니?"

"확실하지는 않지만 비슷한 사람을 찾은 것 같기도 해."

"오! 신기하다."

바닷가의 모래알 하나를 찾을 수 있다는 게 놀라웠다.

"첫사랑과는 왜 헤어졌대?"

"케난 아저씨가 사라예보로 이사 온 뒤, 전쟁이 터지면서 헤어졌나 봐. 참, 너희 엄마도 애나랬지? 모스타르가 고향이고."

"우리 엄만 모스타르가 지옥인 줄 알아."

"그래도 모스타르에 살던 애나잖아. 케난 아저씨가 만나고 싶다던데."

"백 프로 싫다고 할걸."

애초에 기대의 싹을 잘라 버려야 한다.

"너희 둘 뭐야?"

사라가 족제비눈을 치켜떴다. 오렌지를 보여 주자 사라는 냉큼 하나를 가져가며 앞자리에 앉았다. 곧바로 수업종이 울렸다. 수학 문제를 증명해 보이는 선생님 눈을 피해 연애편지를 마저 썼다. 신뢰를 위해 고객과의 약속 시간은 정확히 지켜야 하니까.

드디어 7교시 수업을 끝내는 종이 울렸다. 나는 에딘 제코의 축구화에 맞은 축구공처럼 교실을 뛰쳐나갔다.

수상한 남자

"공짜로 들어온 돈은 그 즉시 써 버려야 해. 무조건!"

엄마의 명언이다. 매월 둘째 주 수요일 저녁마다 엄마와 나는 시내 광장에 있는 식당으로 체바피를 먹으러 간다. 공돈의 출처를 아는 바 없지만 매달 사라예보 최고 식당에서 체바피를 먹는다는 건 대단한 행운이다. 체바피는 사라예보보다 엄마의 고향 모스타르의 식당 '로타'에서 파는 게 최고라는데 아직 못 먹어 봤다. 내 생일이 낀 주말에 모스타르에서 체바피를 먹는 게 어떠냐고 엄마에게 물었다가 거절당했다. 갖은 애교를 부리며 평생소원이라 애원했지만 소용없었다. 그럼 혼자라도 갔다 오겠다는 내 말에 엄마는 모스타르가 지옥인 양 펄쩍 뛰었다. 전쟁 때 모스타르에서 가족을 모두 잃은 엄마 마음을 이해 못 하는 건 아니지만 엄마는 모스타르와 아빠 얘기에 극도로 예민하게 굴었다.

땡그랑, 종소리에 내 몸은 자연스럽게 출입구로 향했다. 이토록 엄마를 간절히 기다려 본 적이 있었을까. 4시에 올 어린 왕자를 기다리며 3시부터 행복해졌다는 여우보다 더 간절한 마음으로 말이다. 엄마의 퇴근 한 시간 전에 식당에 도착했다. 혹시라도 엄마가 조퇴를 해 일찍 올 수도 있으니 말이다. 기다림이 지겹지 않고 가슴 떨리는 설렘이라니. 쫄깃쫄깃한 이 순간에 〈알비노니의 아다지오 사단조〉◆는 너무했다. 오늘이 6월 18일이니 벌써 22일째 첼로 연주는 계속되었다. 5월 28일부터 22일 동안 하루도 빠지지 않고 〈알비노니의 아다지오 사단조〉는 지겹도록 연주되었다. 애도 기간 동안 사라예보에 사는 사람들이라면 강제로 들어야 한다. 뭐든지 강제적인 건 좋지 않다. 사람을 질리게 만든다.

땡그랑, 양 갈래로 머리를 묶은 아기를 안은 아저씨와 남자아이 손을 잡은 아줌마가 식당으로 들어섰다. 웃음 가득한 얼굴로 봐선 가족 중 누군가의 생일이지 않을까 추측되었다. 그 뒤로 기다리고 기다렸던 엄마가 들어섰다. 나는 벌떡 일어나 엄마를 향해 손을 흔들었다. 장미 한 다발을 손에 든 엄마가 웃으며 다가왔다. 또각또각 구두 소리가 경쾌했다.

"나타샤, 생일 축하해."

"고마워요, 엄마!"

◆ 음악가 알비노니를 연구하던 음악학자 레모 지아초토가 알비노니의 악보를 발견하여 그 선율을 바탕으로 완성했다고 알려진 곡. 정식 명칭은 〈알비노니 주제의 현과 오르간을 위한 아다지오 사단조〉다.

내 눈은 이미 가방 문을 열고 있는 엄마 손으로 향했다.

"너, 엄마보다 선물을 더 기다렸지?"

"앗, 들켰네."

엄마가 꽃 그림이 그려진 종이봉투를 내 앞으로 내밀었다. 나는 얼른 종이봉투를 열어 보고는 엄마 볼에다 뽀뽀를 했다. 그러고는 디노 메를린 공연 티켓에다가도 뽀뽀를 쪽쪽쪽 퍼부었다. 보스니아 헤르체고비나 최고의 국민 가수 디노 메를린 공연이라니! 디노 메를린 공연 티켓 구하기가 하늘의 별 따기보다 더 어렵다. 작년에도 재작년에도 허탕을 쳤었다. 전교생, 아니 전 국민의 소원이 디노 메를린 공연 보는 건데, 드디어 꿈을 이뤘다. 티켓을 쥔 내 손이 덜덜 떨렸고, 가슴은 터질 듯 뛰었다. 내 입에서는 디노 메를린 노래가 폭죽처럼 터져 나왔다. 내 노래에 맞춰 엄마가 어깨를 들썩였다.

"나타샤, 생일 축하한다. 이건 특별 서비스야."

음식을 가져온 언니가 케이크 한 조각을 식탁 위에 내려놓았다. 그리고 엄마와 내 앞에다 체바피와 얼음이 그득 담긴 냉커피 두 잔을 내려놓았다.

"레모네이드 아니었어?"

"15살이니까."

엄마에게 어른 대접을 받는 것 같아 기분이 좋았다. 엄마가 커피를 한 모금 마셨다. 나도 따라 커피를 홀짝 마셨다. 쓴 맛이 강

해 설탕 세 스푼을 넣었더니 내 기분만큼 달콤했다. 체바피를 먹지 않아도 배가 불렀지만 체바피는 내 입에서 살살 녹아내렸다. 우리 건너편에 앉아 식사하는 가족들 웃음소리가 내 생일을 축하하는 음악처럼 들렸다. 엄마도 그들을 흐뭇하게 바라보았다.

"엄마, 내가 커서 돈 많이 벌면 공연이란 공연은 다 보여 주고, 체바피는 매일 먹게 해 줄게."

"약속한 거다."

나는 엄마에게 새끼손가락을 내밀었다. 엄마가 얼른 새끼손가락을 걸고 흔들었다. 달콤한 커피에 달콤한 케이크까지 곁들여지자 몹시 행복해졌다.

"엄마, 아빠네 가족 중에 모스타르에 살고 있는 분 계셔?"

두 눈썹 사이에 주름이 잡힌 엄마가 대답 대신 커피를 마셨다. 대답하기 싫다는 무언의 표현이다.

"전쟁 때 다 돌아가신 건 아니지?"

"그만."

"친척이 한 명이라도 있으면 좋잖아."

"그만하랬지."

도끼눈을 한 엄마가 나를 째렸다.

"나도 알 나이야."

"그만, 그만!"

"엄만 왜 엄마만 생각해. 내가 알고 싶다고. 그런 것도 말 못

해 줘?"

"그만 가자."

엄마가 신경질을 부리며 자리에서 발딱 일어서더니 계산대로 가 버렸다. 아빠 얘기만 꺼내면 돌변하는 엄마지만, 밖이기도 하고 기분도 좋아 보여 괜찮을 줄 알았다. 건너편 식탁에 앉은 아이들이 흘끔흘끔 쳐다보았다. 창피하고 짜증나서 밖으로 나와 버렸다.

냐아옹 냐아옹. 식당 앞 화단에서 금발 아저씨가 쪼그린 채 고양이 울음소리를 내고 있었다. 어! 뭐지? 식당 모퉁이에서 검은 모자를 푹 눌러쓴 남자가 금발 아저씨를 노려보았다. 눈매가 사나웠다. 금발 아저씨는 이 상황을 전혀 모르는 것 같았다. 조춤조춤 다가가며 수상한 남자의 동태를 살피던 순간, 눈이 마주쳐 버렸다.

"아저씨?"

내 고함에 수상한 남자가 잽싸게 사라졌다. 가슴이 벌렁벌렁 뛰었다.

"날 불렀니?"

뒤돌아본 아저씨가 짙은 검정 눈썹 위까지 흘러내린 금색 머리카락을 쓸어 올리며 물었다.

"그게…."

"네 고양이였구나?"

금발 아저씨 앞에는 아기 고양이 한 마리가 웅송그린 채 바들바들 떨고 있었다.

"아닌데요."

"아이고, 길을 잃었나 보다."

아기 고양이의 어미를 찾느라 두리번거리는 아저씨의 푸른 눈동자가 애처로웠다. 아기 고양이는 자신의 신세를 알게 되어 슬픈 건지 자꾸 울었다.

"한번 만져 볼래?"

나는 고양이에게 바투 다가앉으며 주위를 살폈다. 다행히 수상한 남자는 보이지 않았다. 아저씨에게서 은은한 비누 향기가 났다. 아저씨에게 나는 비누 향기를 사라가 맡았다면 '첫사랑의 향기'라고 이름 붙였을 것이다. 나는 아기 고양이의 등을 살살 쓰다듬었다. 아저씨의 손길이 닿은 아기 고양이 등에서도 첫사랑의 향기가 솔솔 풍기는 듯했다. 아저씨는 사라예보로 이사 온 지 일주일밖에 되지 않아 약속 장소를 찾느라 애먹었다며 웃었다. 여기 체바피 요리가 끝내주게 맛있어 고생한 보람이 있을 거라며 아저씨를 위로했다.

"나타샤, 거기서 뭐 하니?"

나와 아저씨가 동시에 엄마를 바라보았다. 지구의 중력이 엄마에게만 집중되었는지, 엄마가 동상처럼 굳어 버렸다.

"나타샤, 이리 와. 얼른!"

엄마 목소리가 앙칼졌다. 엄마가 싫어하는 고양이를 만졌다고 이러는 거면 엄마의 일방적인 폭력이다. 그것도 낯선 아저씨 앞에서 말이다. 무안한 내 얼굴이 화끈거렸다.

"어서 안 와?"

"싫어."

느닷없이 벌어진 실랑이에 쩔쩔매는 아저씨의 푸른 눈동자가 어지러웠다.

"얘야, 내가 중요한 일이 있어 고양이를 데려갈 수 없는데, 네가 데려갈 거니?"

나는 고개를 끄덕였다. 그래야만 할 것 같았다. 아저씨가 고맙다는 말을 하고는 웃으려는 건지 웃지 않으려는 건지 엉거주춤한 표정으로 엉거주춤하게 일어섰다. 키가 무척 컸다.

"나타샤!"

소리치며 나에게로 달려오던 엄마가 성큼성큼 다가가는 아저씨를 보고는 주춤주춤 뒷걸음치더니 획 돌아서서 달려가 버렸다. 엄마는 순식간에 골목으로 사라졌고, 금발 아저씨는 식당으로 들어갔다. 이 모든 일이 순식간에 일어났다.

그네를 타는 듯 오르락내리락 종잡을 수 없는 엄마 기분의 기복이 요즘 들어 부쩍 심해졌다. 금방 웃었다가 금방 우울해지고 금방 화를 냈다가도 금방 다정해졌다. 제기랄, 욕이 튀어나왔다. 엄마 증세를 듣고 갱년기라 호언장담하던 사라는 앞으로 불어닥

칠 내 미래를 혀까지 차며 애석해했다. 무엇보다 아빠에게 퍼부을 잔소리가 너에게 집중된 건 유감이라며 어찌나 안타까워하던지. 자기 엄마는 폐경 이후로 있는 대로 신경질을 부려 일방적으로 당하는 아빠가 불쌍할 정도라며 나를 위로했다. 사춘기보다 더 무서운 갱년기를 겪고 있는 엄마가 두 손을 허리에 착 올리고 째려볼 때는 아무리 억울해도 가만히 있는 게 최선이라며 방법까지 알려 주었다. 그리고 더 좋은 방법이라며 쓰레받기 같은 '잔소리받기'를 만드는 건 어떠냐고 제안했다. 내가 무슨 말인지 못 알아듣자, 엄마에게 남자 친구를 소개해 드리라는 거였다.

사라 제안에 어깨만 으쓱해 보였다. 엄마가 다른 아저씨와 차를 마시며 행복해할 때 내 마음이 썩 좋지 않았다. 그런 속마음을 감추고는 엄마에게 재혼을 권했다. 엄마가 '너 때문에 결혼 못 하는 거잖아'라고 말할까 봐 조금 두려웠다. 우리 동네 이름인 그르바비차처럼◆, 내가 엄마 등에 착 들러붙은 혹 따위로 취급당하는 건 딱 질색이니까. 다행히 엄마는 결혼 따위에는 관심 없다며 손사래까지 쳐 댔다. 대답이 엄마의 진심인지는 알 수 없지만. 나와 사라는 엄마들이 할머니가 되었을 때 우리도 두 손을 허리에 착 올리고 째려보자며 깔깔거렸다.

나는 엄마가 사라진 골목을 물끄러미 바라보았다. 금발 아저씨는 엄마를 전혀 모르는 것 같았는데, 엄마는 아저씨를 괴물 보

◆ '그르바비차'는 등이 굽고 큰 혹이 난 '척추 장애인'이라는 뜻이다.

듯 하며 달아났다. 아무리 머리를 굴려도 이 상황이 이해되지 않았다. 아빠 얘기를 했어도 오늘처럼 날 혼자 두고 간 적은 없었다. 냐아옹, 냐아옹. 아기 고양이는 애타게 어미를 불렀다. 하얀 바탕에 까만 무늬가 있는 고양이라고 해야 할지, 아니면 까만 바탕에 하얀 무늬가 있다고 해야 할지 어쨌든, 아기 고양이는 내 품을 파고들었다.

"로타야, 이제 괜찮아. 네 이름은 지금부터 로타야. 로타는 내가 꼭 가 보고 싶은 곳이야. 먹어도 먹어도 질리지 않는 체바피를 가장 맛있게 하는 식당이거든. 어때, 이름이 마음에 드니?

"냐아옹."

로타는 이름이 마음에 쏙 드는지 내 손등을 핥았다.

집으로 가려고 엄마와는 반대 방향으로 걸어가는데 골목 안쪽에 검은 모자를 푹 눌러쓴 수상한 남자가 등을 돌린 채 서 있었다. 못 본 척 골목 앞을 지나치려니 뒤통수가 따가웠다. 엄마는 금발 아저씨가 아니라 수상한 남자를 보고 달아난 건 아닐까? 가까운 가게로 들어가 창문을 통해 밖을 살폈다. 수상한 남자는 나를 찾는지 주위를 두리번거리고는 식당 쪽을 향해 달음질쳤다. 뒤를 따라붙었다. 내 예상대로라면 수상한 남자가 모퉁이에 숨어 식당을 노려봐야 하는데 아무도 없었다. 식당으로 들어간 걸까? 후다닥 뛰어 엄마와 내가 늘 앉는 창가로 가 벽에 몸을 바싹 붙이고는 식당 안을 살폈다. 엄마와 내 자리 뒤편에 금발 아저씨가 양복을 차려입은 아저씨와 식사를 하고 있었다. 식당에 들어가 엄마를 아느냐고 물어볼까? 금발 아저씨가 고개를 돌리는 것 같아 얼른 창문에서 얼굴을 뗐다. 이러는 나를 본다면 이상한 애로 착각하겠지. 다행히 수상한 남자는 보이지 않았다. 혹시 엄마를 찾아간 거야? 집을 향해 달렸다.

현관문을 열고 들어서자 집이 떠나갈 듯 전화벨이 울렸다. 엄마는 집이 아닌 사비나 이모네로 간 모양이었다. 엄마에게 온 전화 같아 무시해 버렸다. 우유를 접시에 담아 주자 로타는 한 방울도 남기지 않고 싹싹 핥아먹었다. 얇게 저민 소시지도 세 조각이나 해치웠다. 다시 전화가 울렸지만 나는 로타를 안고 화장실로 들어갔다. 목욕을 시켜 주자 로타는 이내 잠이 들었다. 로타 옆에 누워 눈을 감았다. 또 다시 전화기에서 불이 났다. 전화기가 고장 날 때까지 울릴 기세라 받았더니 엄마가 아니라 사비나 이모였다.

"난 못 해! 절대 안 해."

악을 써 대는 엄마 목소리가 수화기 너머로 들렸다. 이모는 엄마가 몹시 흥분한 상태라 진정되면 데려갈 테니 조금만 기다려 달라고 상황을 설명했다. 나는 전화기를 귀에다 바짝 갖다 댔다.

"그놈 때문에 모스타르도 못 가는 거 알지? 그놈이 내 인생을 망쳤다고. 그놈이 왜 거기 있는 거야?"

엄마가 미친 듯이 소리를 질렀다. 이모가 엄마를 달래고는 곧

갈 테니 걱정 말라며 전화를 뚝 끊었다. 그놈이 금발 아저씨라는 건지 수상한 남자라는 건지, 그것도 아니면 로타라는 건지. 너무 나간 상상력에 실실 웃음이 나왔다. 수상한 남자는 금발 아저씨를 노려봤고, 금발 아저씨는 엄마를 모르는 것 같은데 엄마는 아저씨를 보고 달아났다. 금발 아저씨는 수상한 남자가 자신을 노려보는 걸 모른다. 엄마가 보고 놀란 건 금발 아저씨가 아니라 수상한 남자인가? 생각들이 뒤엉켜 머릿속이 복잡했다. 이어폰을 귀에 꽂았다. 디노 메를린의 신곡이 흘러나왔다. 흥얼거리다 잠이 들었다.

"엄마, 내 하얀 블라우스 못 봤어요?"

"옷장에 있겠지."

"옷장에 없다니까."

"잘 찾아 봐."

옷장 문을 열고 찬찬히 블라우스를 찾는다. 맹세코 옷장에다 걸어 뒀는데 보이지 않는다. 블라우스에 발이 달리지 않았으니 엄마가 어디다 둔 게 틀림없다. 꼭 지켜야 할 약속 시간이 얼마 남지 않았는데, 불안하다. 서랍을 열고 옷을 죄다 꺼내 펼쳐 놓았지만 하얀 블라우스는 보이지 않는다. 엄마 방으로 뛰어간다. 엄마는 보이지 않는다. 엄마를 다시 불렀지만 엄마는 대답조차 하지 않는다. 얼른 엄마 방 옷장 문을 활짝 열어젖힌다. 역시나 블라우스는 없다. 서랍에도 없다. 꼭 필요할 때는 아무리 찾아도 없다. 가슴이 콩닥콩닥 뛰어 숨 쉬기가 불편하다. 도대체 어디로 갔을까? 아랫입술을 잘근잘근 씹으며 화장실로 가서 세탁기 안을 살핀다. 수건과 양말만 담겨 있을 뿐 블라우스는 없다. 베란다에 널어 놓은 빨래를 살핀다.

"냐아옹"

로타가 베란다 난간으로 사뿐히 뛰어내린다. 아슬아슬한 자세가 당장이라도 아래로 떨어질 것 같다. 내 생각대로 로타 몸이 오른쪽으로 기우뚱 움직인다.

"로타, 안 돼. 이리 와."

"냐아옹."

로타 몸이 오른쪽으로 점점 더 기울어진다.

사라예보의 장미

"나타샤!"

엄마의 새된 소리에 번쩍 눈을 떴다. 또 옷 찾는 꿈을 꾸었다. 잃어버리고 찾고, 반복적으로 꾸는 기분 나쁜 꿈이다. 냐오옹, 놀란 로타가 비명을 지르며 내 품으로 뛰어들었다.

"고양이는 안 된다고 했지? 너? 기어코…."

"엄마도 봤잖아. 바들바들 떨고 있는 거."

"당장 갖다 버려."

"싫어."

독기 품은 눈으로 나를 째려보는 엄마가 당장이라도 로타를 내다 버릴 기세였다. 무조건 갖다 버리라는 건 엄마의 억지다.

"당장 갖다 버려. 어서."

"로타가 쓰레기야? 갖다 버리게. 차라리 날 갖다 버… 아악!"

엄마의 성난 손이 내 뺨을 후려쳤다. 놀란 로타가 바닥으로 뛰어내리며 내 대신 울었다. 엄마가 표정 없는 싸늘한 눈빛으로 나를 노려보며 성난 코뿔소처럼 씩씩거렸다. 누가 화를 내야 하는데. 정말 지긋지긋하다. 그래, 지금이야. 엄마의 감정 따위를 받아 주는 쓰레기통 노릇을 때려치워야 할 때가.

"내가 나갈게."

나는 옷을 입은 후 지갑과 가방을 챙겨 들고는 로타를 안고 집을 나와 버렸다. 쾅, 요란하게 닫힌 문소리에 놀란 로타가 냐아옹 냐아옹 울었다. 엄마가 고양이를 싫어하는 건 알지만 길 잃은 고양이를 집에 데려온 게 뺨 맞을 짓은 결코 아니다. 고양이를 키우는 사라에게 주라고 말해 줄 수 있는데 막무가내로 갖다 버리라니. 차라리 잘 됐다. 로타를 숨긴다고 숨겼어도 언젠간 탄로 났을 테니까.

막상 집을 나왔지만 학교로 가기에는 너무 일렀다. 사라에게 갈까 하다가, 자고 있을 사라를 깨우고 싶지 않아 관뒀다. 어쩔 수 없이 내 발걸음은 학교로 향했다. 그르바비차 경기장 입구에 디노 메를린 공연을 알리는 포스터가 붙어 있었다. 빨간 기타를 멘 디노 메를린이 나를 향해 활짝 웃어 보였다. 아! 망했다. 티켓을 가져오지 않았다. 빌어먹을. 엄마 때문이다. 사비나 이모에게 책상 서랍에 넣어 둔 티켓을 가져다달라고 부탁해야겠다.

골목을 빠져나오자 이른 산책을 나온 할머니가 공원 벤치에 앉아 덩치 큰 까만 개를 쓰다듬고 있었다. 생각이 많은 얼굴이었다. 구부정한 모습이 마치 낙타 같다는 생각이 불현듯 들었다. 예쁜 이름도 많은데 하필이면 등에 혹이 달린 여자를 뜻하는 그르바비차라니, 동네 이름마저 마음에 들지 않았다.

할머니 발밑에 웅크린 까만 개가 게슴츠레한 눈으로 강을 바라보았다. 개도 생각이 많아 보였다. 그 옆을 자전거를 탄 사람과 뜀박질하는 사람이 휙 지나갔다. 기다렸다는 듯 개가 벌떡 일어났다. 까만 개는 달리고 싶은지 컹컹컹 짖었다. 할머니가 고개를 끄덕이며 일어나자 까만 개가 앞장을 섰다. 달리고 싶은 욕구를 억제하고 할머니와 보조를 맞춰 걸었다. 개는 답답한지 아주 천천히 걷는 할머니를 힐끔힐끔 쳐다보았지만 달려가지는 않았다. 로타가 냐아옹 하며 구경했다. 나도 천천히 걸음을 옮겨 다리를 건넜다. 가게에 들러 로타가 먹을 우유와 소시지를 산 후 종이 상자를 얻었다. 상자에 손수건을 깔고 로타를 넣었다. 냐아옹, 마음에 드나 보다.

늘쩡거렸지만 어느새 교문 앞에 도착하고 말았다. 아이들이 없는 학교는 조용했다. 벌써 출근한 누군가가 틀어 놓은 첼로 소리가 빈 운동장을 가득 메웠다.

"하나, 둘, 셋…."

오늘따라 학교 건물에 패인 총알 자욱이 도드라졌다. 그동안 총알 자욱이 329개가 맞는지 사라와 몇 번이나 세어 보다 실패했다. 오늘은 작심하고 끝까지 세어 보려 했지만, 자꾸 헷갈려 스무 개쯤 세다 그만뒀다. 무엇보다 귀찮았다.

습관이 되어 버린 발걸음은 익숙한 건물로 향했다. 습관이란 게 무섭다. 고양이를 무조건 싫어하는 엄마처럼 말이다. 생각을 하느라 건물 앞 화단 앞을 지나면서 오른쪽 발을 든 채 주춤대고 말았다. 하마터면 '사라예보의 장미'를 밟을 뻔했다. 예전에 나는 바닥에 그려진 '사라예보 장미'를 밟아도 아무렇지 않았다. 하지만 그 의미를 알고부터는 밟지 않으려 신경을 썼다. 전쟁이 끝나자 사라예보 곳곳에 '사라예보의 장미'가 피어났다. 겨울에도 지지 않는 사라예보의 장미. 전쟁 때 총알이 날아들고 포탄이 떨어져 여러 사람이 다치거나 죽은 곳에다 붉은 페인트로 표시를 해 두었다. 그 모양이 장미꽃 같다고 '사라예보의 장미'라는 이름으로 불리게 되었다. 조용한 교정을 가득 메운 〈알비노니의 아다지오 사단조〉도 사라예보의 장미인 셈이다. 물론 폭탄이 떨어진 빵집 앞 도로와 장을 보던 사람들을 향해 박격포가 떨어진 시장에도 사라예보의 장미는 피어났다.

내가 태어나기 전이었지만, 우리 보스니아에 전쟁이 일어난 건 가슴 아프다. 아빠도 그때 하늘의 별이 되었으니까. 그러나 이렇게 추모하는 게 옳을까? 솔직히 별로다. 다시는 전쟁을 되풀이하지 말자는 의미로 총알 자국 선명한 학교 건물을 그대로 둔 것도, 그럴싸하게 이름 붙인 '사라예보의 장미'도, 빵집 앞 도로에서 숨진 22명을 위해 연주한 '아다지오 사단조'도 어른들의 변명일 뿐이다. 전쟁은 어른들이 일으켰으니까. 진짜 마음에 안 든다. 늘쩡늘쩡 복도를 걸었다. 교실에 도착했다. 수업시간 직전에 도착했다면 교실은 고함과 재잘거림, 웃음과 노랫소리가 먼지와 뒤섞여 몹시 들레었을 터다. 그 혼란스러움이 자연스럽고 편안했다. 이른 아침의 조용한 학교도 텅 빈 교실도 낯설었다. 뒷문 입구에 서서 교실을 죽 둘러보고는 창가 맨 끝자리로 걸어갔다. 주위를 두리번거리던 로타도 낯선 공간이 싫은지 냐아옹 울었다.

"널 절대 버리지 않을 거야. 걱정 마."

버려질지 모른다는 두려움이나 의심 따위는 갖지 않도록 로타를 안심시켰다. 금발 아저씨에게 내가 데려가겠다고 약속까지 했으니 보란 듯이 잘 키울 테다. 로타 때문에 엄마와 싸우지 않았다면 금발 아저씨를 아는지 물어봤을 테고, 그게 아니면 수상한 남자 때문에 달아난 거냐고 물어봤을 텐데. 풀리지 않는 수학 문제처럼 답답했다.

등을 간질간질해 주자 로타는 스르륵 눈을 감았다. 아침부터 엄마와 한바탕 전쟁을 치르고 온 터라 몸속 기운이 텅텅 비었다. 책상 위에 엎드려 눈을 감았다. 깊고 어두컴컴한 늪으로 몸과 마음이 빠져드는 기분이었다. 어젯밤 전화기를 타고 들렸던 엄마의 울부짖던 목소리가 떠올랐다. 금발 아저씨를 노려보던 수상한 남자의 매서운 눈초리와 금발 아저씨인지 수상한 남자인지 둘 중한 명을 보고 미친 듯 달아난 엄마의 행동이 흩어진 퍼즐 조각 같았다. 아, 머리 아파. 복잡한 생각을 하다 까무룩 잠이 들었다.

왁자한 소리에 눈을 떴지만 그대로 엎드려 있었다. 로타가 갸르릉거려 머리를 쓰다듬어 주자 조용해졌다. 복도에서 먼지 덩이들끼리 싸움이 일어났는지 분위기 심상치 않았다. 욕설이 난무했다.

"악, 놔. 안 놔? 이게…."

악다구니 수준이 전쟁터를 방불케 했다. 싸움 구경이야 못 참지. 슬렁슬렁 복도로 나갔더니 아리안이 옆 반 애와 엉켜 붙어 주먹질을 하고 있었다. 8학년에 저런 애가 있었나 생각 들 정도로 처음 보는 얼굴이었다. 자기 덩치의 반도 안 되는 애의 배 위에 올라탄 아리안이 상대의 두 손을 꼼짝 못하게 꽉 눌렀다. 아리안을 노려보는 옆 반 애 눈빛이 고양이에게 쫓기다 막다른 골목에 다다른 생쥐의 독기 어린 눈 같았다.

"그만해."

둘을 뜯어말리던 알리오사는 누워 있던 옆 반 애에게 발길질을 당하고 말았다. 엉겨 붙어 있던 둘이 간신히 떨어졌고, 알리오사가 옆 반 애의 한쪽 팔을 붙잡았다. 둘 다 입술이 터져 피가 나는 입으로 서로에게 욕을 퍼부었다.

"내가 틀린 말 했냐? 칸, 너네 아빠 체트니크◆잖아."

"뭐? 누가 그래?"

◆ 세르비아 민병대로, 보스니아 세르비아계인 군인이 아닌 민간인이 주축이 되어 결성된 부대.

"체트니크 맞잖아."

"가만 안 둬. 죽여 버릴 거야."

알리오사의 손을 뿌리친 칸이 아리안에게 달려들었다. 아리안이 미꾸라지처럼 쏙 몸을 피하는 바람에 칸은 앞으로 고꾸라지고 말았다. 아리안과 먼지 덩이들이 낄낄거렸다. 아리안 녀석 말본새하고는.

"아리안, 너무 심하잖아."

"내가 뭘? 혹시 너네 아빠도 체트니크냐?"

"너 말 다했냐?"

알리오사가 주먹을 치켜세우자 놀란 친구들이 둘 사이를 막아섰다. 그 틈에 칸이 복도를 뛰쳐나가자 구경 나온 아이들이 눈치껏 길을 터 주었다. 아리안은 터진 입술을 씻으려는지 화장실로 어기적어기적 걸어갔다. 건들거리며 걷는 품새조차 얄미웠다. 상대의 아킬레스건을 건드려 자신의 정당함을 증명하려 들다니. 칸이 사라진 복도 끝을 보자 기분이 썩 좋지 않았다. 아무래도 여기로는 영원히 돌아오지 않을 것 같았다.

나는 교실로 들어와 다시 엎드렸다. 전쟁 당시 우리 동네 그르바비차에 체트니크가 만든 강제 수용소가 있었다. 체트니크들은 우리 무슬림◆의 씨를 말리기 위해 무슬림 여자들을 성폭행한 후 아기를 낳게 했다. 그렇게 태어난 내 또래 아이들이 보스니아에

◆ 이슬람교를 믿는 사람들.

많이 살고 있다. 그러나 누가 그런 아이인지는 아무도 모른다. 정확히 말하면 당사자인 본인조차 체트니크의 자식인지 알 수 없다는 거다. 간혹 누가 체트니크의 아이라는 소문이 돌았고, 우리는 슬그머니 가서 그 애를 확인하고 왔다. 그러다 시간이 지나면 체트니크의 아이는 학교에서 자취를 감추었다.

"에취, 에취…."

이 더위에 감기라니 누군지 엄청 불쌍했다. 그래도 나보다는 덜 불쌍하겠지. 북새통인 교실에서도 로타가 깨지 않아 다행이었다. 오늘도 사라는 지각이구나 생각할 찰나에 사라가 다다닥 교실로 뛰어들며 '선생님 온다'를 외쳤다. 에취, 에취, 기침 소리와 발소리가 어지러웠다. 사라가 미처 자리에 앉기도 전에 드르륵 앞문이 열렸다.

"어휴, 이 먼지…."

담임선생님이 짜증을 냈다. 선생님 머리에 두른 히잡 무늬가 궁금했지만 두 팔 위에 놓인 고개를 들 만큼은 아니었다. 선생님은 히잡으로나마 자신을 한껏 드러내기 위해 안간힘을 썼다. 요즘 옆 반 선생님과 이상 기류를 타는 중이다. 들리는 소문으로는 담임선생님이 먼저 고백했는데, 아직까지 대답을 듣지 못했다고 했다. 연애편지 대필 전문가인 나에게 자문을 구했으면 좋았을 텐데.

"나타샤 말리니크?"

앞에 앉은 사라가 뒤돌아보며 숨 찬 목소리로 속삭였다. 중요한 문제가 있거나 정중한 부탁을 할 때마다 사라는 나를 '나타샤 말리니크'라고 불렀다. 안 들어도 척이다. 알리오사에게 보낼 연애편지를 어서 내놓으라는 거다.

"어! 뭐야? 나타샤, 너 어디 아파?"

"졸려서…."

"수상해, 어제 밤에 뭐했는데?"

사라의 물음에 간신히 고개를 들어 발밑을 가리켰다. 사라 눈이 휘둥그레졌다.

"웬 고양이야?"

"길 잃은 고양이."

"아줌마 고양이 엄청 싫어하잖아. 내가 준대도 안 된다고 할 만큼. 그런데 나타샤, 알리오사는 재채기 하는 것도 귀엽다. 그런데 왜 저기 서서 쩔쩔매는지 모르겠어."

사라가 내 귀에 대고 속삭였다. 재채기의 범인은 알리오사였다.

"네, 네, 어련하시겠습니까요, 사라 스마일로비치양. 여기 대령했습니다요."

연애편지를 받은 사라 입 꼬리가 스르륵 올라갔다. 사라 말대로 교실 뒷문 옆에 서서 두 손으로 목을 감싼 알리오사 얼굴이 시뻘겠다. 에취 에취, 재채기를 소나기처럼 퍼부었다.

가출

"알리오사, 괜찮니?"

선생님이 심드렁하게 물었다.

"그, 그게… 에취…. 아무래도… 에취"

"아무래도 병원에 가야겠나 봐요. 제가 같이 갔다 올게요."

사라가 자리를 박차고 일어섰다.

"그, 그게 아니라… 에취, 에취."

"그래, 어서 가 봐라."

"교실에… 에취… 고양이가… 에취…."

알리오사의 재채기는 점점 심해졌고 숨도 가빠보였다. 선생님이 알겠다는 듯 교실을 둘러보았다.

"우리 반에 고양이가 전학 온 모양이구나? 누구네 고양이니?"

나는 로타를 안았다. 부끄럼 많은 로타는 자기에게 쏠린 눈동자가 부담스러운지 계속 울었다. 알리오사는 로타의 울음소리에 장단이라도 맞추듯 재채기를 멈추지 않았다. 냐아옹 에취, 냐아옹 에취. 급기야 한 손으로는 입을 막고 다른 손으로는 목을 감싸 쥔 알리오사가 교실을 뛰쳐나갔다. 나는 선생님에게 어쩔 수 없는 일이 생겨 로타를 학교까지 데려올 수밖에 없었다고 누긋누긋하게 대답했다.

"나타샤, 알리오사가 고양이 알레르기가 있어서 어쩌니. 내가 알기로는 고양이 알레르기는 기도를 막아 숨을 못 쉬게 할 수 있다는 구나. 심하면, 알지? 아무래도 수위 아저씨에게 고양이를 맡기는 게 좋지 않을까?"

선생님의 단호한 제안을 거절할 수 없었다. 로타를 안고 교실을 나오는데 멀찌감치 떨어진 곳에서 알리오사가 미안한 표정을 지은 채 어정쩡하게 서 있었다. 취향이 맞아 좋았는데 고양이 알레르기라니, 로타를 싫어하는 사람이 엄마 한 명으로 부족해 모스타르에서까지 합류를 했다.

이대로 로타와 함께 학교 밖으로 나갈까를 고민하는 머리와는 달리 내 발은 수위 아저씨가 계시는 교문 쪽 건물로 터덜터덜 걸어갔다. 하나, 둘, 셋… 이 건물 벽에는 열 개의 총알 자국이 있었다는 걸 오늘에야 알게 되었다. 총알과 포탄은 학교라고 봐주는 법이 없었다. 이 말은 군인인 사라네 아빠가 8학년 전체가 모인 자리에게 들려준 말이었다.

수위 아저씨는 부서진 의자에다 못질을 하고 있었다. 고양이 알레르기가 있는 이상한 남자애 때문에 어쩔 수 없이 로타를 맡겨야 하는데 괜찮은지 부탁드렸다. 아저씨는 심심하던 참에 잘되었다며 로타를 번쩍 안았다. 로타에게는 수학 문제 풀이법 대신 쥐 잡는 법을 가르칠 테니 걱정 말라며 내 등을 떠밀었다. 로타가 울면 우유와 소시지를 주면 된다는 부탁을 드리고 건물을 나왔다. 오늘 밤은 사비나 이모네로 가야 하는데, 이모가 엄마처럼 로타를 갖다 버리라고는 하지 않겠지. 로타를 싫어하는 사람이 엄마와 알리오사로 끝났으면 좋겠다.

교실로 들어서자 사라는 알리오사와 폭풍 수다를 떨고 있었다. 알리오사는 언제 재채기를 했냐는 듯 멀쩡했다.

"나타샤, 애나 아줌마가 허락한 거야?"

"집 나왔어."

"가출?"

알리오사 눈이 휘둥그레졌다.

"로타를 받아 줄 때까지 절대 안 들어가."

"그럼, 내일도 데려오겠네?"

마치 데려오지 말라는 말처럼 들려 알리오사를 쫙 째려봤다. 눈치 빠른 사라가 화장실에 갔다 오겠다며 쪼르르 교실을 빠져나갔다. 지나가던 아리안이 살살 좀 다루라며 농을 치자, 알리오사가 신경 끄라며 되받아쳤다. 둘 사이에 파파팍 스파크가 일었다. 친구들이 아리안을 데리고 교실 밖으로 나갔다.

"너네 아빠 체트니크 아니잖아. 아니라고 정확히 말해."

"대답할 가치도 없어. 우리 아빤 전범 사냥꾼이니까."

"전범 사냥꾼? 그런 직업도 있어?"

"전쟁 때 죄지은 놈을 체포하는 정의의 용사."

알리오사가 주위를 살피며 나직이 대답했다.

"전쟁 끝난 지가 언젠데."

"대량 학살 전범은 공소시효 없는 거 알지? 우리 아빠는 전쟁 때 죄지은 놈을 한 명도 남김없이 처벌할 거래."

"어떻게?"

"붙잡아서 법정에 세워 법의 심판을 받게 할 건가 봐."

"그게 가능해?"

"나중에 우리 둘만 있을 때 얘기하자."

알리오사가 검지를 입에다 갖다 대었다. 사라가 아니었다면 단둘이 만나고도 남겠지만, 사라를 배신할 수는 없다. 우정을 택한 의리녀니까. 얼른 화제를 바꿔 버렸다.

"알리오사, 혹시 해 봤어?"

"뭘?"

"다이빙."

알리오사가 어깨를 으쓱해 보이며 고개를 끄덕였다. 해 봤다는 거야, 안 해 봤다는 거야. 엄마와 같이 소파에 누워 텔레비전을 보는데 모스타르에 있는 스타리 모스트◆ 위에서 다이빙하는 장면이 나왔었다. 옛날부터 스타리 모스트에서 다이빙하는 남자는 용감한 사나이로 인정받아 최고의 신랑감으로 뽑혔다고 엄마가 알려 주었다. 다이빙이 끝나면 사람이 모인 자리에서 마음에 드는 여성에게 청혼했다나. 꽤 낭만적이긴 했다.

"난 아직 자격 미달이야."

"다이빙하는데 자격은 무슨 자격, 뻥 치는 거 아니지?"

"진짜야. 23미터에서 뛰어내리는 게 쉬운 줄 알아? 어마어마하게 높고 물살도 어마어마하게 세다고."

눈을 똥그랗게 뜬 알리오사가 '어마어마'를 어찌나 힘주어 말하는지 피시식 웃고 말았다.

"물살이 엄청 세서 오리들도 제멋대로 둥둥 떠내려간다니까."

'둥둥'을 말할 때는 알리오사 입술이 마치 오리 주둥이 같았다. 내가 해 보겠다고 하자 알리오사가 도리머리를 해 대며 어이없다는 표정을 지었다. 나는 책상에 올린 두 주먹을 부르르 떨며 알리오사를 째렸다.

"그런 눈으로 보지 마. 내가 무슨 벌레냐?"

나도 엄마에게 일방적으로 당할 때마다 저런 표정이었을까? 알리오사의 미간에 주름이 잡혔다.

"여자가 다이빙했다는 말을 못 들어 봐서 놀란 거야. 다리가 어

◆ 모스타르에 있는 평화의 다리. '오래된 다리'라는 뜻을 가지고 있다.

마어마하게 높아서 다리 위에 서면 어질어질하거든."

"내가 처음으로 다이빙한 여자가 되면 되잖아."

유치원 때부터 지금까지 꾸준히 하고 있는 수영과 다이빙 실력을 본다면 더 이상 비웃지 못할 텐데. 나는 녀석을 향해 코웃음을 쳤다.

"소원이 뭔데?"

난데없이 웬 소원 타령?

"소원? 그딴 건 왜?"

"소원 때문에 다이빙하려는 거 아니야?"

"넌 나이가 몇 갠데 아직도 그런 미신을 믿냐."

"우리 할머니 말씀이 다이빙하기 전에 소원을 빌면 무조건 이뤄진댔어. 정말인지는 안 해 봐서 모르겠지만."

꼬맹이들이나 믿는 미신을 아직도 믿는 건지, 아니면 믿는 척하는 거냐고 물으려다 그만뒀다. 알리오사는 거짓말이라고는 태어나서 한 번도 한 적 없는 얼굴로 나를 빤히 바라보며 생글생글 웃었다.

"알리오사, 혹시 너네 할머니 모스타르에 사셔?"

"응."

이건 분명 알라신의 계시다. 알라신이 나를 위해 알리오사를 보내 준 게 틀림없다.

"놀러 가도 돼?"

못 알아들은 알리오사가 눈을 슴벅거렸다.

"할머니네 가도 되냐고?"

"글쎄…. 소원이 뭔지 알려 주면 데려갈게."

알리오사는 궁금해서 못 견디겠다는 얼굴로 거래를 해 왔다. 비밀은 나 혼자 간직하고 있는 거라 비밀인 거 모르나. 난 알려 달라고 한 적 없는데 자기가 말해 놓고서. 관두셔. 제안을 거절하고 싶었지만, 멀리 뛰기 위해 한 걸음 물러날 줄도 알아야 한다.

"알리오사, 제발 부탁이야. 대신 디노 메를린 공연 티켓 줄게."

공연 티켓을 준다는 건 내 모든 걸 걸었음을 녀석이 알아 줬으면 한다. 크게 얻기 위해서는 크게 버려야 한다. 역시 녀석의 갈색 눈동자가 단박에 커지더니 입꼬리가 귀 밑으로 치켜 올라갔다.

"할머니께 말해 볼게."

"대신 비밀이야. 사라에게도."

"이것도 우리 둘만 아는 비밀이네."

듣고 싶은 답변은 아니었지만 나는 고개를 주억거렸다. 알리오사가 동글동글한 오렌지를 내밀었다. 마치 오렌지가 '우리가 증인이니, 중간에 파기하기 없기다' 하고 으름장을 놓는 것 같았다. 거래 성사의 의미로 오렌지를 받았다. 비밀을 공유한 동지로서 연대 의식을 치르는 중이라 해 두자. 알리오사가 헤벌쭉거리며 은근히 친한 척 굴었다. 사라가 보면 안 되는데 신경 쓰였다.

"둘이 뭔 얘기 했어? 수상한 냄새가 나는데?"

볼일을 보고 돌아온 사라가 눈을 홉뜨며 코를 벌름거리는데도 눈치 없는 알리오사는 헤벌쭉 웃었다.

"알리오사, 모스타르에서 전학 온 이유나 알자."

얼른 말머리를 돌렸다. 알리오사 대답에 사라 얼굴에 회심의 미소가 퍼졌다. 와우! 화제를 돌릴 기막힌 질문을 해 버렸다. 전범 사냥꾼인 정의의 용사, 알리오사네 아빠 직업이 군인이라니. 사라는 군인인 아빠가 전쟁에서 세운 혁혁한 공을 입에 거품을 물고 설명하려고 입술을 벙긋거렸다. 사라의 연설은 상대방이 말할 틈을 절대 주지 않는 일방통행이다. 물 만난 물고기처럼 생동감이 철철 넘치는 사라의 눈빛은 오로지, 알리오사에게로 집중되었다. 알리오사 역시 군대 얘기가 싫지 않은지 고개까지 끄덕이며 격한 반응을 보였다. 자신의 운명이 어떻게 될지도 모른 채 말이다. 오늘 일을 교훈 삼아 사라 앞에서는 금기어가 있다는 사실을 깨닫게 될 것이다.

열변을 토하는 사라를 피해 슬그머니 창가로 갔다. 책상 위에 엉덩이를 걸친 아리안이 기타를 튕기며 노래를 불렀다. 아리안의 세레나데는 더 이상 사라의 눈길을 끌지 못했다. 사랑은 움직이는 거다. 맞다. 알리오사에게 전쟁 영웅 아빠 얘기를 늘어놓는 사라 얼굴이 몹시 행복해 보였다. 파란 하늘에 흰 구름이 솜사탕처럼 떠다녔다.

'아빠, 난 아빠가 보고 싶어요. 엄마는 아빠 얘기만 꺼내면 신경질을 있는 대로 부려요. 아빠가 어떤 분인지 알고 싶은데 말이죠. 아빠 사진이 한 장도 남아 있지 않아 무척 유감이에요. 엄마는 아빠의 흔적을 티끌조차 남기지 않고 모조리 연기로 날려 버렸거든요. 그래서 아빠가 더 그리워요. 아빠, 저의 큰 키는 아빠를 닮은 거죠?'

아빠 생각을 하니 아빠가 몹시 그리웠다. 아빠를 그리워하기 위해 태어난 사람처럼 보고 싶은 마음이 간절해졌다. 새삼 느껴보는 그리움의 감정이 낯설었지만 싫지 않았다. 아빠는 분명 좋은 분일 테니까. 사라네 아빠처럼 전쟁터에서 살아 돌아오지는 못했지만, 보스니아 헤르체고비나를 위해 생명을 바친 위대한 영웅이었다. 엄마가 알려 주지 않으면 내가 아빠의 흔적을 찾으러 가면 된다. 모스타르에서 엄마의 행적을 좇다 보면 아빠에 대한 단서를 찾게 될 것이다. 모스타르에 가고 싶은 열망이 활활 불타올랐다.

수업 종이 울렸는데도 사라의 일장연설은 멈추지 않았다. 알리오사 녀석 인내력 하나는 끝내주네. 피식피식 삐져나오는 웃음을 꾹 참고 자리에 앉았다. 수학 선생님이 교실로 들어와서야 사라의 연설이 겨우 끝났다. 아니 중단되었다고 봐야 한다. 쉬는 시간에 다시 뒷이야기가 펼쳐질 테니까. 칠판을 보는 알리오사 눈이 말똥말똥했다. 내 머리로는 도무지 이해 불가인 수학 선생님 얘기에 고개까지 주억거리다니. 신기한 놈이다.

미행

"헤이, 나타샤!"

호텔 총지배인인 사비나 이모가 손을 흔들며 씩씩하게 걸어왔다. 이모가 건넨 장미 한 송이를 받고는 배꼽 위에다 두 손을 모아 인사 하며 제법 나볏하게 굴었다. 그런 날 보고 이모가 고개까지 뒤로 젖히며 웃었다. 누구에게든 예의바른 행동을 해야 한다는 엄마의 잔소리가 아니더라도 오늘 밤 숙식을 제공 받으려면 최대한 모범생같이 굴어야 한다. 엄마와 이모는 나와 사라보다 더 각별하다. 한 마디로 피를 나눈 자매보다 더 가깝다는 뜻이다.

"나타샤, 애나랑 한판 했다며?"

"한판은요, 제가 일방적으로 당한 거예요."

엄마는 이런 시시콜콜한 일까지 전부 이모에게 말할 수 있어서 좋겠다.

"일방적으로 당하게 만든 그 문제의 고양이가 얘니?"
"그래서 말인데요, 오늘 밤 이모 집에서 자면 안 될까요?"
"난 애나 편이다."
"당연히 알죠. 세상에서 가장 안전한 게 적과의 동침이잖아요."
"어머, 얘 좀 봐라. 내 머리 꼭대기에 앉아 있네."
이모가 로타의 등을 살살 문지르며 고양이 울음소리를 흉내 냈다. 기분이 좋은지 로타가 냐아옹 냐아옹 하며 이모 팔에 얼굴을 비볐다. 이모에게 오기 전에 로타를 만났던 식당 근처로 갔다. 혹시라도 로타의 어미가 로타를 찾고 있을지도 모른다는 생각이 들었다. 한참을 서성였지만 엄마 고양이는 나타나지 않았다. 금발 아저씨도 만나지 못했다.
"털이 아주 부드럽구나."
"한번 안아 보실래요?"
"좋아."
"우리 엄마가 이모처럼 고양이를 안아 주면 얼마나 좋을까요."
최대한 불쌍해할 만한 표정을 지으며 이모 눈치를 살폈다. 이모 품에 안긴 로타는 편안해 보였다.
"이모, 어젯밤 엄마는 왜 그랬어요? 금발 아저씨를 보고 달아난 거예요? 그놈이 누구예요?"
"한 번에 한 가지만 질문해 주겠니?"
"금발 아저씨와 아는 사이에요? 아저씨는 엄마를 전혀 모르는 것 같은데요."

"글쎄다. 그런데 얘는 어쩔 거니?"

이모가 말을 돌리는 걸 보니 뭔가를 숨기는 게 분명했다.

"로타는 이미 제 엄마에게 버림받았어요. 그런 애를 또 버릴 순 없어요."

"어쩔 수 없이 버려야 할 때도 있는 거야."

"버려야 할 때가 있다고요? 어떻게 생명을 버려요. 이모라면 버리겠어요?"

내 몸 어딘가에 숨어 있던 가시가 그 끝을 치켜세웠다. 호텔 로비를 오가던 사람들이 흘깃흘깃 쳐다보았다. 사비나 이모가 사람들을 향해 어색한 웃음을 지으며 아무것도 아니라는 듯 손사래를 쳐 보였다. 엄마에게 화난 걸 이모에게 화풀이 하고 말았다. 엄마가 옆에 있었다면 예의 없이 굴었다고 잔소리를 엄청 퍼부었을 거다. 그 잔소리를 고스란히 들어도 쌀 만큼 돌이킬 수 없는 실수를 저지르고 말았다. 하루가 될지 이틀이 될지, 이모에게 신세를 져야 하는데 말이다. 거기다 이모 덕에 호텔 수영장을 공짜로 이용하면서 은혜를 원수로 갚는 배은망덕한 바보, 멍청이. 주먹으로 내 머리통을 쾅쾅 내리치고 싶었다. 이모에게 죄송하다고 당장 사과하고 싶었지만, 내 입은 자물쇠가 채워진 듯 달싹이지 않았다. 이모가 '버려야 할 때도 있는 거야'라는 말만 하지 않았어도 흥분하지 않았을 텐데. 아니, 난 흥분을 너무 잘하는 게 문제다. 학교에서 알리오사가 네가 다이빙을 한다고 비아냥거렸을 때도 화를 주체하지 못했다. 이모가 내릴 처분을 잠자코 기다리며 사라에게 재워 달라고 해야 할지 말아야 할지를 고민했다. 사라네 엄마는 내가 사라 방으로 들어가기 무섭게 득달같이 엄마에게 전화를 할 텐데.

"나타샤, 너 먼저 집에 가 있어. 저녁 늦게 단체 손님이 오기로 예약돼 있어서 말이다."

사비나 이모가 로타와 집 열쇠를 내게 건네며 말했다. 머리를 조아리며 이모에게 고마움을 전했다. 엄마에게는 비밀로 해 달라는 부탁을 잊지 않았다. 이모가 두 팔을 벌린 채 어깨를 으쓱해 보였다. 자기를 믿으면 안 된다는 뜻이다. 그래도 버릇없게 군 나를 너그럽게 용서해 준 지금처럼 이모가 비밀을 지켜 줄 거라 믿고 싶었다. 나는 마지막으로 내 책상 서랍에 있는 디노 메를린 공연 티켓을 꼭 좀 갖다달라고 부탁했다. 엄마 몰래 가져다주면 더 좋겠다고 거듭 당부했다.

바로 그때였다. 검은 모자를 눌러 쓴 수상한 남자가 호텔 문을 나서고 있었다.

"이모! 저, 저, 저 사람 알아요?"

"우리 호텔 고객 같은데. 왜?"

"알겠어요. 고마워요 이모, 저 먼저 갈게요."

부랴부랴 이모에게 인사를 하고는 호텔을 나섰다. 수상한 남자는 사람들이 북적이는 광장을 걸어 세빌리 샘◆으로 가 목을 축였다. 이 샘물을 마시면 그 어디를 가더라도 다시 안전하게 사라예보로 돌아올 수 있다는 전설이 있다. 스타리 모스트에서 다이빙을 하면 소원을 이룬다는 전설처럼 말이다. 물론 이런 미신 따위는 믿지 않지만 뭐 그렇다는 거다. 바닥에 뿌려진 빵 부스러기를 먹느라 바쁜 비둘기들은 수상한 남자가 다가가도 도망갈 시늉조차 하지 않았다. 수상한 남자가 우다다닥, 두 발을 구르자 푸드덕 날아오르더니 이내 내려앉아 작은 부리로 바닥에 떨어진 먹이를 콕콕 쪼았다. 뒤룩뒤룩 살찐 궁둥이를 실룩이던 비둘기는 수상한 남자에게 다가가며 어서 먹을 걸 내놓으라고 애교를 부렸다. 사람 보는 눈 좀 키워라, 비둘기야.

"알라는 가장 위대하다. 알라 외에 어떤 신도 없다고 나는 증언한다. 나는 마호메트가 알라의 예언자라고 증언한다. 기도하러 오라. 구원받으러 오라. 알라는 가장 위대하다. 알라 외에 신은 없다."

무아진◆◆의 아잔◆◆◆ 소리에 비둘기와 놀던 수상한 남자가 자미◆◆◆◆를 향해 성큼성큼 다가갔다. 어느새 아스르◆◆◆◆◆시간이었다. 수상한 남자를 놓칠세라 서둘러 자미 안으로 들어갔다. 손을

◆ 1891년에 건축된 샘. 지금도 맑은 물이 흘러나와 식수로 이용되고 있다.

◆◆ 아잔 소리를 내는 사람.

◆◆◆ 이슬람교에서 신도들에게 예배 시간을 알리는 소리. 하루에 다섯 번 울린다.

◆◆◆◆ 이슬람교 신도들이 모여 기도하는 사원. '이마에 땅을 대고 절하는 곳'이라는 뜻이다. 모스크라고도 한다.

◆◆◆◆◆ 오후 2-3시경 드리는 예배.

씻은 후 수상한 남자는 성전으로 들어가 버렸다. 입구에 있는 히잡을 머리에 두르고 여자들이 모여 기도하는 곳으로 들어가며 수상한 남자를 살폈지만 눈에 띄지 않았다. 나는 재빨리 기도했다. 알리오사네 할머니가 모스타르로 나를 부르게 해 달라고, 다이빙을 할 수 있게 해 달라고, 아빠의 흔적을 찾게 해 달라고 간절히 기도했다. 기도가 술술술 터져 나왔다. 내 평생 이렇게 간절히 기도해 본 적은 없었다. 짧지만 간절한 기도를 마치고 밖으로 나왔다. 수상한 남자의 기도는 꽤나 길었다. 알라신은 수상한 남자의 기도를 들어줄까? 갑자기 궁금해졌다. 엄마나 사비나 이모 말을 빌리자면 나쁜 놈들이 더 잘 먹고 더 잘산다는 거였다. 신도 공평하지 않다는 건가? 알라신은 공정했으면 좋겠는데.

그런데 수상한 남자는 지은 죄가 얼마나 많길래, 온몸이 배배 꼬이고 다리가 아파 오도록 나오지 않았다. 알라신도 정말 골치 아프겠다. 설마, 벌써 간 건 아니겠지. 엄청 빨리 기도하고 나왔는데 나보다 더 빨리 나온 거야? 미행이 쉬운 일은 아니었지만 쫄깃쫄깃한 게 살짝 긴장되었는데, 먹잇감을 눈앞에서 놓쳐 버려 허탈하고 속상했다.

"얘야, 무슨 일이니?"

얼굴 가득 인자한 웃음을 머금은 이맘◆이 물었다. 뭐라도 대답해야 할 것 같았다.

◆ 아랍어로 '지도자', '모범이 되어야 할 것'을 의미하는 말이다. 이슬람교에서 예배를 인도하는 사람.

"신은 공평한가요?"

느닷없지만 조금은 준비된 기습 질문에 이맘의 입꼬리가 슬쩍 올라갔다.

"공평하지. 넌 안 그렇다고 생각하는구나?"

"네."

체트니크의 아이라는 신분이 밝혀진 칸이 불현듯 떠올랐다. 이맘은 내 대답의 구체적인 해설을 기다리는 듯했다. 칸 얘기를 하려는 그 순간 수상한 남자가 회당 밖으로 나왔다. 돌아서서 얼굴을 가렸다. 수상한 남자는 자미를 나가 강 쪽으로 걸어갔다. 이맘에게 다음에 다시 오겠다 말하고는 뒤를 좇았다. 수상한 남자는 강을 가로지른 다리 가운데 서서 윤슬 가득한 강물을 잠시 내려다보았다. 영화 찍고 있네. 코웃음이 터졌다. 그러더니 그는 구름 한 점 없는 파란 하늘을 올려보고는 늘쩡늘쩡 다리를 건너 공원으로 갔다. 누굴 찾는지 두리번두리번 거리던 수상한 남자는 가풀막진 언덕에서 성큼성큼 뛰어내려오는 남자를 향해 손을 흔들었다. 둘은 악수를 하더니 공원 의자에 앉았다. 둘의 대화가 몹시 궁금했지만 가까이 다가갈 수 없어 애가 탔다. 일거수일투족을 매의 눈으로 지켜볼 뿐 달리 방법이 없었다. 엄청난 모의를 하는지 주위를 살피며 얘기를 나누었다.

"여기서 뭐 해?"

"아, 깜짝이야."

누가 내 어깨를 툭 치는 바람에 간 떨어지는 줄 알았다. 알리오사였다. 설마 미행한 건 아니겠지. 학교가 아닌 곳에서 알리오사를 만나니 되게 서름서름했다. 에취. 녀석, 귀신이네. 밖이라 그런지 교실에서보다는 덜 괴로워했다. 이럴 수가! 알리오사를 알은체한 잠깐 사이에 수상한 남자와 또 다른 남자가 감쪽같이 사라져 버렸다.

"야, 너 때문에 놓쳤잖아."

내 불뚝성에 머쓱해진 알리오사가 애꿎은 옆머리를 긁으며 미안하다고 사과했다.

"에취, 우리 할머니가 너 와도 된대."

"정말? 고마워, 알리오사."

하마터면 알리오사를 와락 안을 뻔했다. 녀석 얼굴이 빨개졌다. 순진하긴. 사라에게 꽉 잡혀 질질 끌려 다니겠어. 덩치에 안 어울리게 귀엽네.

"뭘 놓쳤는데?"

"그런 게 있어. 혹시, 티켓은 내일 줘도 돼? 집에 놓고 와서."

"그래. 그런데 언제 가려고?"

"내일."

"학교는?"

"당연히 결석이지."

"가자. 기차 표 끊으러. 타."

알리오사가 자전거 뒤를 가리켰다. 수상한 남자가 사라진 골목을 쓱 살폈다. 에이, 다시 볼 일 없을 텐데 뭐.

"빨리 타. 내 맘 바뀌기 전에."

알리오사의 재촉에 어쩔 수 없이 뒷자리에 앉고 말았다. 이 장면을 사라가 본다면 눈에 쌍심지를 켤 텐데. 나중에 이실직고하면 분명 이해해 줄 것이다.

"출발한다."

알리오사가 페달을 밟는 바람에 어쩔 수 없이 옷자락을 잡고 말았다. 휘파람을 휘휘 불며 알리오사는 나뭇가지를 휘날리는 바람처럼 달렸다. 시원한 바람 한 자락이 내 금발을 휘날렸다.

가까이서 깊이 들여다보기

알리오사 말대로 기차표를 미리 끊길 잘했다. 모스타르행 기차를 타는 2번 플랫폼까지 확인해 두었다. 안전하게 점검할 필요가 있다며 알리오사가 극구 내 팔을 끌고 플랫폼까지 데리고 갔다. 괜히 심란하게. 알리오사는 썩 괜찮은 아이임에 틀림없다. 사라가 오랜만에 쓸 만한 애를 문 것 같다. 디노 메를린 공연 티켓은 모스타르에 다녀온 후에 줘도 괜찮다고 했지만 다행스럽게도 이모가 티켓을 갖다주었다. 그 덕분에 일이 깔끔하게 정리되어 마음이 한결 개운했다.

아침잠이 많아 못 일어날까 봐 긴장한 탓에 자다 깨다를 반복했다. 정작 일어날 즈음에 까무룩 잠이 들었다가 수상한 남자에게 쫓기다 눈을 떴다. 후다닥 일어나 집을 나서며 미리 써 둔 편지를 남겼다. 이모에게 남긴, 엄마에게 쓴 편지였다. 나는 아빠의 흔적을 찾으러 간다며 엄마에게 벌을 내렸다. 나를 찾으러 오면 아빠네 가족에게 가 버릴 테니, 찾아올 생각은 하지 말라고 협박까지 하며 내 존재의 가치를 알렸다.

사비나 이모네를 나서자 짙은 안개가 사라예보를 삼켰다. 지독한 안개였다. 기차역 가는 트램에 간신히 올라탔고, 출발 시간 10분 전에 기차에 올랐다. 지정 좌석을 찾아 자리에 앉자 목이 타고 온몸이 축 처졌다. 벌써 지쳐 버렸다. 로타가 목마르다고 보챘다. 우유를 따라 주자 허겁지겁 핥았다. 나도 물을 따라 마셨다. 톡, 톡톡. 창문 두드리는 소리에 밖을 보니 알리오사였다. 자전거 손잡이를 잡고 서 있는 알리오사가 손을 흔들었다.

"지금이라도 늦지 않았어. 같이 갈까? 에취."

나는 고개를 저었다.

"고마워, 알리오사."

"고마워하긴 너무 이른데. 에취, 이건 빌려주는 거야. 용돈을 탈탈 털었더니 30마르카나 되더라고. 그리고 이건 가면서 먹어. 에취. 참, 일요일에는 돌아올 거지?"

알리오사의 손이 열어 놓은 창문으로 쑥 들어오더니 오렌지가 든 비닐봉지를 툭 떨어뜨렸다. 그 순간, 털컹 기차가 움직였다. 기차 속도가 조금씩 빨라지자 알리오사가 자전거를 타고 따라왔다. 할머니네 도착하는 대로 꼭 전화하라며 고래고래 소리를 질렀다. 나는 알리오사를 향해 손을 흔들었다. 안개가 알리오사를 삼켜 버렸다. 혼자가 되었다.

'내가 이모네 있는 줄 알면서도 데리러 오지 않은 것 좀 봐. 돌아가나 봐라.'

목이 메었다. 세상을 삼켜 버린 안개만큼이나 외로움이 나를 엄습했다. 냐아옹, 넌 혼자가 아니라는 듯 로타가 선홍색 혀로 손등을 핥았다. 나에게 로타가 있었지. 로타를 끌어안자 센티했던 기분이 조금 나아졌다.

기차는 총탄 맞은 도시를 천천히 벗어났다. 사라예보에는 밀랴츠카강 주변으로 중요 건물들이 들어선 평지가 있고, 도심을 빙 둘러싼 산자락과 산기슭, 산허리와 산등성이마다 붉은 지붕의 집들이 빽빽하게 들어서있다. 나는 자꾸 멀어지는 사라예보를 바라보았다. 자전거 페달을 힘껏 밟으며 알리오사가 따라올 것 같았다. 멀리 트레베비치산이 어렴풋이 보였다. 내가 태어나기 전, 1984년에 여기서 동계 올림픽이 열려 알파인 경기를 했다고 한다. 그때의 사라예보는 지금보다 훨씬 잘살았다. 전쟁 전에는 말이다. 마을을 송두리째 삼킨 안개가 서서히 걷혔다.

우유와 소시지를 먹은 로타가 잠들었다. 고양이의 단순한 삶이 부러웠다. 먹고 자고 싸고. 나처럼 고민이란 걸 하지 않겠지. 으아함, 하품이 쏟아졌다. 모스타르까지 두 시간이 걸린다니 눈을 붙여야겠다. 무거워진 눈꺼풀이 스르륵 내려앉았다. 이어폰을 타고 흐르는 디노 메를린의 노래는 자장가가 되어 깊은 잠 속으로 나를 끌어들였다.

"꼬마 아가씨?"

누군가 어깨를 톡톡 쳤다. 눈부신 햇살이 언덕과 나무, 붉은 지붕 위로 쏟아져 내렸다. 사라예보를 빠져 나온 기차는 안개가 걷힌 산길을 부지런히 내달렸다. 귀에 꽂고 있던 이어폰을 뺐다.

"신발을 의자 등받이에 닿게 해서는 안 되겠지. 차표를 보여줄래?"

얼른 발을 내리며 역무원에게 죄송하다고 말했다. 엄마가 봤다면 나쁜 발이 나쁜 짓을 했다며 잔소리를 해 댔겠지. 주머니에 넣어 둔 차표를 꺼내 역무원에게 건네는데, 선잠을 잔 로타가 가늘게 울었다.

"고양이가 무임승차를 했구나?"

"고양이도 표를 사야 하는 줄 몰랐어요."

"고양이 자리 값은 따로 받지 않을 테니, 오줌을 싼다거나 함부로 돌아다니며 사람들을 놀라게 하지 않으면 된단다."

급히 그러겠노라 대답했다. 내 품에 얌전히 앉아 바삐 지나치는 풍광에 넋을 잃어버린 로타에게 웃어 보이고는 역무원은 계속 차표 검사를 해 나갔다. 꼬르륵, 배가 고팠다. 비닐봉지에 든 오렌지를 꺼내 껍질을 까자 입에 침이 고였다. 상큼했다. 알리오사는 오렌지를 좋아하나 보다. 고양이 알레르기만 없으면 더 친해질 수 있을 텐데.

영토의 대부분이 산악 지대란 걸 알려 주듯 기차는 산길을 오르락내리락 달음질쳤다. 산자락에 숨어 있던 마을이 나타났다 사라졌다. 빗물이 석회암을 깎아 내리며 만들어 낸 돌산이 나타난 순간 눈이 번쩍 커졌다. 우와! 와아! 내 입은 감탄사를 연발하느라 바빴다. 엄마 없이 혼자 사라예보를 떠난 건 처음이지만 대단히 만족스럽다. 어느새 마음속 외로움이 안개처럼 홀연히 사라졌다.

기차는 쉼 없이 산을 오르내리더니 마침내 평지를 미끄러지듯 달렸다. 시계를 보니 어느새 두 시간이 훌쩍 지났다. 산꼭대기에 커다란 십자가가 보였다. 십자가가 보이면 도착한 거니 내릴 준비를 하라고 알리오사가 귀띔해 주었다. 철로 변에 늘어선 포도밭을 지난 기차가 플랫폼으로 들어서며 꽥 소리를 질렀다. 부랴부랴 가방을 메고 로타를 안았다. 창으로 들어오는 바람이 후끈후끈했다. 기차에서 내려 잎이 무성한 무화과나무 밑에서 가방에 넣어 둔 물을 꺼내 벌컥벌컥 들이켰다. 로타도 손바닥에 있는 물을 야금야금 핥았다. 이제 겨우 9시 30분인데 기온이 30도를 훌쩍 넘겼다. 기차역에서 알리오사 할머니 집까지 걸어서 30분 정도 걸린다는데 잘 찾아갈 수 있을지 살짝 걱정되었다.

총탄 흔적이 남아 있는 대합실로 들어섰다. 낡은 선풍기 한 대가 핑핑 돌아갔지만 대합실 안도 덥긴 마찬가지였다. 맘씨 좋아 보이는 할머니가 나를 향해 되똥되똥 걸어왔다.

"나타샤니?"

"이리나 할머니?"

"그래, 내가 이리나다. 잘 왔다. 자."

할머니가 입술에 바른 립스틱 빛깔의 새빨간 장미꽃 다발을 내 품에 안겼다. 마중에 꽃다발까지, 과잉 친절에 몸 둘 바를 모르겠지만 싫지 않았다. 10월에 열릴 첫 개인전 준비로 그림을 그리느라 하루 24시간이 모자란다는 할머니가 배웅까지 나올 줄은 정말 몰랐다. 그런데 내 상상력이 이렇게까지 형편없을 줄이야. 전직 중학교 미술 교사였고 지금은 화가라 고상하고 우아한 모습일 거라는 생각과 달리, 허리가 엄마 허리둘레보다 두 배 정도 넓어 보이는 할머니는 키가 엄마보다 작았다.

"저 말고 얘도 같이 왔어요."

"둘 다 환영이다."

"할머니가 고양이 싫어할까 봐 걱정했는데 다행이에요. 알리오사는 로타 근처에만 있어도 재채기를 엄청 해 대서요."

"그래도 우리 알리오사가 싫은 소리 한마디 안 했지?"

피식 웃으며 고개를 끄덕였다.

"우리 알리오사는 너무 착해서 탓이지. 순둥이라 전학 가서 친구를 못 사귈까 봐 걱정했는데, 요렇게 예쁜 친구를 사귀다니 대단한 녀석이야. 너도 봐서 알겠지만 우리 알리오사가 좀 괜찮으냐. 나타샤야, 너도 그렇게 생각하지?"

할머니는 알리오사와는 달리 몹시 수다스러운 게 완전히 내 스타일이었다. 뭐가 그리 재밌는지 두 손으로 새빨간 입술을 가린 채 어깨까지 들썩이며 킥킥거렸다. 뭐야, 이렇게 귀여워도 되는 거야.

"나타샤야, 배고프지 않니? 내가 체바피를 아주 맛나게 하는 집을 알고 있단다. 얘랑 이름이 똑같은 집은 아니지만, 거기 못지 않게 맛있는 집이 있지."

체바피 얘기에 내 배가 당장 가자며 안달복달을 해 댔다.

"카페 애나죠? 첫사랑을 찾으러 떠난 케난 아저씨 가게요."

알리오사 말로는 로타보다 카페 애나의 체바피가 훨씬 맛있다며 입에 거품을 물었다.

"케난이 꽤 낭만적이긴 한데, 첫사랑 소문이 사라예보까지 났구나."

"케난 아저씨는 언제 돌아와요?"

"첫사랑을 찾으면 오겠지. 그런데 우리 알리오사 말로는 엄마랑 싸워 가출을 했다던데?"

아무리 순진해도 전직 교사였던 할머니에게 곧이곧대로 말할 줄이야. 학교 개교기념일이라고 대충 얼버무리면 될 걸 굳이 가출이라고 정직하게 말해 버리다니. 설마 체바피를 먹인 후 사라예보로 돌려보내지는 않겠지. 어른들은 학교 수업에 빠지면 지구에 종말이라도 오는 줄 아니까.

"열다섯이면 충분히 그럴 수 있지. 나도 우리 엄마 때문에 여러 번 가출했거든. 시원한 곳에 가서 맛난 거 먹으면서 너희 엄마가 널 얼마나 못 잡아먹어 안달인지 들어나 보자."

이번에도 내 예상은 빗나갔다. 할머니 말 한 마디 한 마디가 내 맘에 쏙쏙 들었다. 하지만 경계를 늦춰선 안 된다.

지금쯤 엄마가 편지를 읽었다면, 사라를 찾아가 꼬치꼬치 캐묻겠지. 아무것도 모르는 사라는 나에게 격분할 테고. 그래도 어쩔 수 없다. 사라 신체 중 깃털만큼 가벼운 입을 막을 수 없으니. 설마 엄마가 사라에게 모스타르 얘기를 하지는 않겠지? 혹시라도 물었다가는 사라는 알리오사가 모스타르에서 전학 왔다고 즉각 떠벌릴 테고, 엄마 성격에 당장 모스타르로 달려오고도 남는다. 비록 나를 찾는 일이 모래밭에서 겨자씨 찾는 것만큼 어렵겠지만… 여기까지. 더 이상 추측은 금물. 엄마가 잘하는 말처럼 오늘 할 일도 많은데 내일 걱정을 굳이 앞당겨 할 필요는 없다.

"어휴, 더워라. 애나까지 가려다 바비큐가 되겠어. 덥고 몸이 축축 늘어질 때는 아이스크림이 최고다. 아이스크림부터 먹자."

할머니가 아이스크림 가게로 들어갔다. '딸기 맛이 좋을까, 초콜릿 맛이 좋을까? 이것이 문제로다!' 아이스크림을 고를 때마다 매번 선택의 기로에 선 뇌가 팽글팽글 돌아갔다. 사라 말대로 햄릿 증후군에 걸렸는지 진단을 받아야 할 지경이다. 결국 초콜릿 맛으로 정했다. 할머니는 딸기 맛을 선택하면서 알리오사도 항상 초콜릿 맛 아이스크림을 선택한다고 귀띔해 주었다.

시원하고 달콤한 아이스크림 덕분에 기분이 한결 좋아졌다. 아이스크림을 살살 핥아 먹는 로타의 혀가 닿아 손바닥이 가슬가슬, 온몸이 간질간질했다. 아이스크림이 혀에 닿는 부드러움만큼 좋은 느낌이다. 모스타르도 사라예보처럼 총탄 맞은 집들과 불타고 무너져 내린 건물들이 곳곳에 방치되어 흉물스러웠다. 사라예보만큼 모스타르에서도 전쟁이 치열했다는 방증이다. 허물어진 건물마다 그래비티가 그려져 있었다. 그래비티 속 화려한 옷을 입은 아이의 웃음과 활짝 핀 붉은 꽃이 제법 어울렸다. 멀리서 볼 때는 몰랐는데 가까이서 보니 아이의 눈동자는 총알 맞은 구멍이었다. 섬뜩해서 별로였다.

"멀리서 보는 거랑 다르지?"

할머니가 흘러내리는 아이스크림을 핥으며 물었다. 살짝 인상을 찌푸리며 고개를 끄덕였다.

"가까이서 깊이 들여다봐야 할 때가 있지. 그래야 진짜를 볼 수 있거든."

할머니 말이 마치 불편한 걸 대면하기 싫은 내 마음을 콕 짚어내는 것 같았다.

한여름에 자는 겨울잠

'카페 애나'는 멀리서도 눈에 확 띄었다. 꽃과 나무 그림으로 뒤덮인 외벽이 붉은 뾰족 지붕과 잘 어울렸다. 가까이서 보니 총알 흔적이 군데군데 나 있었지만 꽃송이로 교묘히 가려져 있었다. 문을 열고 들어서자 실내 벽에도 그림이 가득 그려져 있었다. 활짝 핀 꽃 속에 크고 작은 얼굴들이 웃고 있었다. '사람 꽃'이라고 해야 하나, 독특했다. 그림 속 얼굴들을 찬찬히 보았다. 다양한 나라의 다양한 여자 얼굴들이었다. 어디서 본 듯한 친근한 얼굴도 있었다. 엄마가 짙은 밤색으로 염색하지 않고 머리카락을 기르면 그림 속 황금 머리카락의 여자처럼 젊어 보일 텐데. 한결같이 짧고 짙은 밤색 머리카락을 고집하는 이유를 도무지 모르겠다.

"케난의 첫사랑이다. 케난이 직접 그렸지. 나머지는 모두 내가 그렸다."

할머니는 자랑마저 귀여웠다. 그런데 케난 아저씨는 못 하는 게 뭐야, 그림까지 그리다니.

케난 아저씨의 첫사랑 그림 옆에는 둥글고 넙데데한 누르스름한 여자 얼굴이 있었다. 인디언인가 생각했는데, 아마도 중국 여자 같았다. 나는 동양인을 한 번도 만난 적이 없어 어디까지나 추측을 한 거다. 텔레비전이나 사진에서 본 동양인은 신비스러웠다. 그림 속 동양 여인의 까만 눈동자는 깊디깊은 동굴 같았다.

"한국 여성이란다."

할머니 얘기에 한국이 지도의 어디쯤 있는지 머리를 굴렸다. 중국과 일본처럼 동아시아 문화권이라는 건 알겠는데 위치는 정확히 모르겠다. 우리나라보다 40여 년 전에 내전이 있었고 지금까지도 남과 북으로 분단된 국가라, 한 국가 세 지붕인 우리나라와 아주 닮았다.

"한국 여자 탁구 선수를 직접 본 적 있었단다. 내 기억이 정확하다면 이름이 이에리사였던 것 같구나."

1973년 세계탁구선수권대회가 사라예보에서 있었는데, 할머니는 대회를 직접 관람했다고 한다. 대한민국 선수들이 어찌나 펄펄 날아다니던지, 단체전을 석권했다며 그날을 되짚었다. 할머니는 대한민국 여성 옆은 아르메니아 여성이고, 유대인, 중국인…. 한 명 한 명의 국적을 자세히 알려 주었다.

그런데 되게 신경 쓰이게 식당에 들어설 때부터 아저씨 한 분이 내 얼굴에 구멍이라도 뚫을 기세로 쳐다보았다. 아저씨 다리에 몸을 비비고 서 있던 고양이가 쪼르르 달려오자 로타 눈이 반짝였다. 식당 고양이가 말을 걸자 로타가 내려 달라고 아우성을 쳤다. 로타와 가게 고양이는 단박에 친구가 되어 서로의 등을 비비더니 구석진 곳으로 사라졌다. 내가 로타를 만난 이후로 가장 신나 보였다.

"네르민, 자네 나타샤 얼굴에 구멍이라도 뚫을 셈인가? 우린 몹시 목이 마르고 배가 고프니 냉커피와 레모네이드와 체바피를 좀 갖다줄 수 있겠나?"

"그럼요. 그런데 혹시, 엄마가 애나 아니니?"

알리오사의 광고 속 금발의 애나를 찾는 걸 알기에 고개를 가로저었다. 그러면서 마음 한구석에서 '정말 우리 엄마를 찾는 거 아냐?' 하는 뚱딴지같은 생각이 느닷없이 들었다. 아저씨 입에서 풍선 바람 빠지는 절망의 소리가 새어 나왔다. 할머니가 자네도 케난처럼 금발은 모두 애나로 보이냐며 농을 치자, 애나 어렸을 때랑 너무 닮아서 헛소리가 나왔다며 피시식 웃었다.

그런 아저씨에게는 첫사랑의 향기 대신 양파 냄새가 났다. 아무래도 아저씨에게 비누를 좀 바꿔 보는 건 어떠냐고 슬쩍 힌트를 줘야겠다. 금발 아저씨가 풍겼던 첫사랑의 향기로 말이다.

"자네, 이제 그만 우리에게 먹을 것 좀 주겠나?"

할머니 얘기에 주방으로 걸어가는 아저씨 다리가 절뚝거렸다.

오른쪽 종아리에 검붉게 일그러진 흉터가 나 있었다. 전쟁 때 총알 맞은 다리라고 할머니가 알려 주었다. 사비나 이모네 호텔 수영장에서 수영을 가르치는 코치님도 국가 대표 수영 선수로 활동했지만 왼쪽 종아리에 부상을 당해 선수 활동을 포기할 수밖에 없었다. 사라예보에서 총격전이 터졌을 때 체트니크가 쏜 총알이 선생님의 종아리를 뚫고 지나가 버렸다. 코치님 종아리에도, 아저씨 종아리에도 장미꽃이 피었다.

"전쟁이 끝나면 보이는 곳에 핀 장미보다 숨어 있는 장미가 더 많은 법이지. 그래서 전쟁은 마지막 총성이 멎은 후부터 시작된다는 말이 있단다."

내 짧은 생각으로는 할머니 얘기를 전부 이해할 수 없지만, 가까이서 깊게 들여다봐야 한다는 의미로 들렸다. 전쟁으로 가족과 남편을 잃은 엄마 가슴에도 장미꽃이 피었겠다는 생각이 문득 들었다. 그래도 그렇지 아빠 얘기만 나오면 발작을 일으키는 엄마 행동은 납득되지 않는다. 또 하나, 식당 앞에서 허겁지겁 도망친 일도 수수께끼로 남았다. 엄마는 전쟁을 겪지 않은 내 가슴에도 사라예보의 장미가 피었다는 걸 모르겠지.

"우리 알리오사는 어떠니? 좀 엉뚱하지?"

할머니는 알리오사와 관련된 일을 뭐든지 듣고 싶어 했다. 사라가 눈독을 들이고 있다는 내 말에 사라가 어떤 앤지 꼬치꼬치 캐물었다. 굉장히 귀엽고 노래를 잘 부르고 몹시 쾌활한 친구라고 소개했다. 지금쯤 사라와 알리오사는 축구장 데이트를 하고 있을지도 모른다. 내가 워낙 연애편지를 잘 썼으니 말이다.

드디어 체바피 두 개와 얼음이 둥둥 떠 있는 냉커피 한 잔과 레모네이드 한 잔 그리고 우유가 담긴 접시가 나왔다. 아저씨와 함께 음식을 가져온 아줌마가 내 얼굴을 슬쩍 보고는 주방으로 들어갔고, 아저씨는 식당 밖으로 나갔다. 냉커피에 쏟은 눈독을 레모네이드로 얼른 돌렸다. 이 집은 체바피도 맛있지만 레모네이드가 최고라 한번 맛보면 절대 잊지 못 할 거라는 정보를 미리 입수했기 때문이었다. 레모네이드를 쪼옥 들이켰다. 그 순간 엄청난 신맛에 화들짝 놀란 내 몸이 부르르 떨렸다. 어찌나 신지 손끝 발끝 세포들이 왕성한 분열 작용을 해 댔다. 그렇지만 중독성 강한 신맛은 내 손을 자석처럼 끌어당겼다. 알리오사 말대로 지금까지 먹어 본 레모네이드 중 단연코 최고였다.

"자, 네 얘기 좀 들어 보자구나."

"엄마가 로타를 갖다 버리려 해서요."

"엄마들은 다 그런가 보다. 우리 엄마는 잔소리가 어찌나 심했는지 잔소리를 하기 위해 태어난 사람 같았다니까. 날 길길이 날뛰는 망아지라고 부르며 집안에 가둬 두려고만 했단다. 그렇다고 갇혀 있을 내가 아니었지만 말이다. 설마, 고양이를 버리러 여기까지 온 건 아니겠지?"

"절대로요."

"알리오사 말대로 다이빙하러 온 게냐?"

"다이빙 하면 소원이 이뤄진다고 알리오사가 그러던데요?"

"이뤄지고말고. 빨리 먹고 가 보자."

할머니가 큼직한 체바피를 한 입 베어 먹었다. 양파와 소시지가 든 체바피가 입안에서 살살 녹았다. 모스타르의 체바피 맛이 끝내줬다.

무거운 배낭과 꽃다발과 고양이 로타를 맡겨 놓고 카페 애나를 나왔다. 카페 애나 앞 도로를 건너 골목길로 접어들었다. 후텁지근한 열기 속에 묻어나는 꽃향기가 내 코를 자극시켰다. 향기 속에는 희미한 비파 소리도 실려 있었다. 더위 때문인지 정신이 아득해졌다. 뒤뚱거리며 걸어가는 할머니가 요술 램프에서 나온 난쟁이 마법사 같았다. 골목은 거미줄처럼 사방팔방으로 길이 나 있어 어지러웠다. 할머니를 놓치면 거미줄에 걸린 파리 신세가 될 것 같았다.

"얘?"

골목에서 툭 튀어나온 아줌마가 내 어깨를 톡 쳤다. 누렇게 빛바랜 하얀 원피스, 허리까지 내려오는 긴 머리카락과 앞머리에 두른 노란 헤어밴드, 어깨에 멘 앙증맞은 까만 가방과 가장자리가 너덜너덜해진 책 한 권을 든 손. 19세기의 여인이 타임머신을 타고 20세기로 날아온 줄 알았다. 지나치게 젊게 보이려 애쓴 노력이 가상했다. 눈가 주름과 팔자 주름을 제대로 가렸다면 안쓰러움이 덜했을 텐데. 입술을 비집고 나오려는 웃음을 참기 위해 아랫입술을 꾹 깨물었다. 그 순간 아줌마가 내 손을 덥석 붙잡더니 소리쳤다.

"애나야?"

"전 애나가 아니에요."

"애나잖아?"

"아니라니까요. 저 빨리 가 봐야 해요. 할머니가 기다려요."

나는 할머니를 가리키며 인상을 찌푸렸다. 눈치 없는 아줌마는 자기 이름이 밀라이며, 자미 맞은 편 애나네 빵집 옆이 자기네 집이니까 놀러 와도 된다며 친절을 베풀었다. 세상에서 가장 맛있는 빵을 만드는 분이 애나네 아빠라는 사실을 선심 쓰듯 알려 주었다. 나는 할머니를 흘깃흘깃 쳐다보며 이제는 정말 가야 한다는 신호를 계속 보냈지만 밀라 아줌마는 잡은 손을 놓아 주지 않았다. 아귀힘이 어찌나 센지 요리조리 빼내려 할수록 거미줄에 단단히 걸린 파리 신세가 되었다.

"나타샤야, 안 오고 거기서 뭐 하니?"

이리나 할머니 목소리에 놀란 아줌마가 얼른 손을 풀어 주었다. 잽싸게 할머니에게로 달려가다 뒤돌아보니 밀라 아줌마는 온데간데없고 쏟아지는 햇살만 골목을 비추었다.

할머니는 자미 앞에서 나를 기다렸다. 하얀 미나레트◆가 세 개

◆ 이슬람 건축에서 기도 시간을 알려 주는 탑.

나 서 있는 자미는 골목 끝자락에 서 있었고 눈앞에는 넓고 푸른 네레트바강◆이 펼쳐졌다. 강 건너에는 옹기종기 집들이 모여 있었고, 교회 첨탑 위로 새들이 자유롭게 날아다녔다.

"누구랑 얘기한 거니?"

"밀라라는데… 좀 이상했어요."

할머니는 밀라가 겨울잠을 자는 중이라 했다. 밀라처럼 슬픔이 너무 많은 사람은 한여름에도 겨울잠을 잔다고. 한여름에 자는 겨울잠이라니, 대충 무슨 뜻인지는 알 것 같았다. 내 생각이 틀리지 않다면 미친 여자라는 뜻이다.

이리나 할머니는 밀라 아줌마 몸은 어른이 되었고 늙어 가지만 마음은 어린아이의 시간에 멈춰 섰다고 말했다. 전쟁 이후의 일을 전혀 기억하지 못한 채 현재를 살아가면서 과거를 살고 있다는 거였다. 그 누구도 거역할 수 없는 시간의 톱니바퀴가 누군가에게는 간혹 멈춰 설 때가 있다면서. 그것이 그 사람을 살게 하는 생명의 끈이라, 이 끈을 놓쳐 버리면 생을 마감하게 된다는 할머니 얘기가 밀라 아줌마가 죽을지도 모른다는 말로 들렸다. 나는 잠자코 할머니 얘기를 들었다. 사람들은 간혹 시간의 수레바퀴에서 벗어났다가 다시 제자리를 찾아가지만, 밀라는 영원히 시간의 수레바퀴에 올라타지 않는 게 좋겠다는 말은 알라신에게 드리는 할머니의 기도 같았다.

◆ 모스타르를 흐르는 강. 보스니아의 이슬람계와 가톨릭을 믿는 크로아티아계의 거주지를 가른다.

"저보고 애나래요."

"네가 애나를 닮긴 닮은 모양이다. 하지만 애나라는 이름은 밤하늘의 별들만큼 많지. 나타샤야, 어서 알라신께 네가 모스타르에 온 걸 알려 드려야 하지 않겠니. 물론 알고 계시겠지만."

할머니가 내 손을 끌었다. 할머니가 건네는 회색빛 히잡을 머리에 쓰고 여자들이 기도하는 곳으로 가 무릎을 꿇었다. 모스타르까지 온 네 소원을 들어줄 테니 걱정 말라고 알라신이 말해 주는 것 같았다. 짧은 기도를 마친 나는 할머니의 기도가 끝나기를 발바닥이 저려 올 때까지 기다려야 했다. 콧등에 침을 세 번씩 열 번이 넘게 찍어 바른 후에야 할머니의 간절한 기도는 끝났다. 아마도 기나긴 기도 속에 알리오사를 위한 기도와 밀라 아줌마를 위한 기도까지 들어 있었을 것이다.

자미를 나와 골목을 빠져나오자 가게가 즐비한 길이 나타났다. 색깔과 크기가 다른 돌을 바닥에 박아 한껏 멋을 부려 놓은 자갈길이 예뻤다. 사라예보의 장미 대신 돌로 만든 꽃들이 여기저기 피어 있어 눈동자가 팽팽 돌아갔다. 앞장선 할머니를 놓치지 않으려고 쫄래쫄래 뒤쫓는 내 발도 바빴다. 좁은 길 양 옆으로 모자 가게, 그림 가게, 인형 가게, 찻잔을 파는 가게가 즐비했다. 가게 입구에서 점원들이 손을 흔들며 구경하고 가라며 꽥꽥 소리를 내질렀다. 구경거리에 홀려 한눈을 팔다 신발이 미끄덩거려 하마터면 넘어질 뻔했다. 발길에 닳아 반들반들해진 돌이 햇빛을 받아 반짝였다.

콸콸콸, 물소리가 세찼다. 알리오사 말대로 오리가 저절로 둥둥 떠다닐 만한 물살이었다. 사라예보의 밀랴츠카강과는 빛깔과 깊이, 빠르기, 강물 사이에 놓인 다리 높이까지 완전히 달랐다. 아치형 다리 위에는 여행 온 사람들이 사진을 찍느라 바빴다.

"나타샤야, 저게 스타리 모스트란다."

할머니가 사람들이 잔뜩 모여 있는 다리를 가리켰다. 짐작은 했지만 자전거를 타고 오가던 사라예보 다리들과는 비교가 안 되게 높았다. 23미터라는 높이는 생각보다 어마어마했다. 더위를 피해 나온 아이들이 자맥질을 하거나 다이빙을 하고 있는 강가의 바위 정도라면 해 볼 만한데, 이미 자신감이 바닥을 쳐 버렸다. 솔직히 다이빙을 하면 소원이 이뤄진다는 건 믿지 않았지만 왠지 섭섭했다.

휘익휘익, 다리 위에서 휘파람 소리가 났다. 다리 아래쪽 물가에 모여 있던 사람들도 다리 위쪽을 올려다보며 휘파람을 불었다. 보트를 탄 사람들도 다리를 향해 손을 흔들었다.

"다이빙은 다리 밑에서 보는 게 좋단다."

할머니와 나는 반대편으로 가기 위해 돌계단을 올랐다. 돌계단 입구 오른쪽 귀퉁이에 '1993년을 잊지 마세요'라는 글씨가 적힌 커다란 돌멩이가 놓여 있었다. 교과서에서 본 사진 그대로였다.

엄마는 가끔 스타리 모스트에 대해 얘기했다. 스타리 모스트

만큼 아름다운 다리는 이 세상에 없다면서 말이다. 전쟁은 400년 동안 끄떡없었던 다리를 한순간에 무너뜨려 버렸다. 엄마는 새로 만들어진 다리 소식을 전하는 텔레비전 속 아나운서 얘기에 눈물까지 흘렸었다. 다리가 무너진 걸 안타깝게 여긴 세계의 수많은 사람들이 모금을 시작했고, 2004년 2월 마침내 다리가 재건되었다. 가톨릭을 믿는 보스니아의 크로아티아계 사람들과 이슬람을 믿는 보스니아 무슬림의 화합을 위해, 폭파 당시 물속에 가라앉은 1088개의 흰 돌을 모두 찾아 세운 거라며 엄마는 흥분된 목소리를 감추지 못했다. 새로 세워진 이 다리가 보스니아와 세계 평화의 다리로 우뚝 서게 되었다며 몹시 자랑스러워했다. 나는 별 감흥 없이 내 방으로 들어와 버렸다. 세계인의 염원을 담아 평화의 다리가 새로 우뚝 세워졌음에도 불구하고 지금의 보스니아 헤르체고비나는 이슬람계 보스니아인과 크로아티아계 보스니아인 중심의 보스니아 헤르체고비나 연방과 세르비아계 보스니아인을 중심으로 한 스릅스카 공화국으로 갈라졌다. 이 복잡한 상황을 시험을 보기 위해 달달 외워야 했다. 전쟁은 역사 시험을 더 힘들게 만들었다.

내 마음속 아기

계단을 올라 다리 한가운데 서서 아래를 내려다보니 아찔했다. 밑에서 올려 볼 때보다 위에서 내려다보니 어질어질했다.

"나타샤야, 네 소원이 뭐냐?"

"소원이 이뤄진대도 이렇게 높은 곳에서는 못 해요…."

"설마, 여기서 물러설 거야?"

"어쩔 수 없잖아요."

"어쩔 수 없다니, 네 삶이 네 등을 떠민 데는 다 이유가 있는 법이다. 해야 할 일은 꼭 하게 마련이거든. 칼을 빼 들었으면 썩은 감자라도 잘라야지. 나에게 뛰어내릴 방법이 있다."

할머니 기세가 어찌나 득의양양한지 맨몸으로라도 뛰어내려야 할 것 같았다.

"네 절실한 소원이 뭔지 말해 보렴."

"아빠에 대해 알고 싶어요. 엄마 고향이 여기예요."

할머니가 천천히 고개를 끄덕였다.

엄마는 화가 나면 표정 없는 서늘한 눈으로 나를 물끄러미 바라보았다. 그 서늘한 눈빛으로 내 온몸 구석구석을 훑어 내렸다. 겨우 열다섯 살이 165센티미터면 곧 170센티미터가 넘겠다며 뚱딴지같은 말로 나를 구석으로 몰아넣고는 방으로 휙 들어가 버렸다. 엄마에게 이 말을 들을 때마다 '넌 날 닮지 않았어'라는 말로 들려 내 기분은 시궁창에 빠지고 말았다. 전쟁에서 살아 돌아오지 못한 게 아빠 잘못이 아닌데, 엄마는 아빠를 원망하고 원망했다. 왜 사라네 아빠처럼 살아 돌아오지 못하고 죽어서, 아빠 얘기를 꺼내지도 못할 상황을 만들었는지 나도 아빠가 원망스러웠다. 아빠 얘기를 꺼낼 때면 싸늘하게 굳어 버리는 엄마 때문에 아무래도 전쟁 때 보스니아를 배반하고 적군이 된 건 아닐까 하는 미친 생각까지 했었다. 한번은 아빠 닮은 걸 어쩌겠냐고 말대꾸했다가 이틀 전 아침처럼 볼이 돌아가게 뺨을 맞았다. 전쟁에서 살아 돌아오지 못한 게 증오의 대상이 될 수 없다. 아빠에 대한 엄마의 과잉 반응은 언제부터인지 점점 설득력을 잃어버렸다.

"나타샤야, 말하지 않을 때는 그만한 이유가 있을 거다."

"할머니 엄마도 할머니를 집에 가둔 이유가 있었을까요?"

"모르는 게 약일 때가 있지. 후회할 수 있거든."

"할머니는 후회했어요?"

"아니. 애틋했지."

맞다. 내가 아빠를 몹시 그리워하는 마음이 애틋함이었다. 그동안 소용돌이쳤던 마음의 정체를 알게 되자 애틋함이 썰물처럼 몰려왔다.

반복적인 악몽을 꿀 때마다 나는 울고 싶었다. 그런데 꿈속에서는 눈물이 나오지 않았다. 그게 더 속상해 바득바득 울려고 애써도 눈물 한 방울 떨어지지 않았다. 언제부터였는지, 꿈이 아니라 현실에서도 울고 싶어질 때가 종종 생겼다. 왜 울고 싶은지 이유를 찾을 수 없는데 그냥 울고 싶어질 때 말이다. 내 안에 있는 문제인데 그 문제가 뭔지 알 수 없어 가슴이 답답했다. 주먹으로 명치를 탕탕 쳐도 답답함은 사라지지 않았다. 그러다가 가슴이 먹먹해졌다. 이런 우울한 감정이 아빠에 대한 그리움이었다는 걸 오늘 깨달았다. 우울의 감정이 찾아오면 외로워진다.

엄마가 회사 동료 아저씨와 한껏 웃으며 식당에 마주 앉아 있는 모습을 본 날 사막에 혼자 남겨진 것 같았다. 사라예보에서 체바피를 가장 맛있게 해서, 나와 엄마만의 특별한 공간이었던 식당에서 엄마는 무척 행복해했다. 엄마가 나 아닌 낯선 아저씨를 데려왔다는 배신감이 온몸을 부르르 떨게 만들었다. 분노 끝에 외로움이 찾아왔다. 외로움이 닥치면 일부러 슬픈 영화를 보거나 슬픈 노래를 들었다. 눈물을 주르륵 흘리다 엄마나 사라에게 들키면 주인공 엄마나 아빠가 죽었다거나, 주인공이 남자친구랑 헤어졌다고 둘러댔다. 내 몸속에 눈물이 많은 이유가 아빠에 대한 애틋함 때문이었다. 아빠에 대한 그리움이 쌓여 있다 눈물이 되었다. 울고 나면 애써 웃을 수 있었고 시답잖은 수다도 떨 수 있었다.

"나타샤야, 번지점프는 어떠냐? 오래 전에는 여기서 번지점프를 했는데, 아주 안전하지. 번지점프를 도울 사람을 알고 있거든."

"무조건 할게요."

"요런 귀여운 망아지. 대신 내 소원도 들어줘야 한다."

할머니도 알리오사처럼 거래를 해 왔다. 그림 모델이 되어 달라는 제안이었다. 번지점프가 끝나면 즉시 사라예보로 떠나야 한다는 조건일 줄 알았는데, 그림 모델이라면 얼마든지 할 수 있다. 특별한 모델이 필요했는데 썩 괜찮은 모델을 찾았다며 할머니 기분이 한껏 들떴다.

할머니가 내 볼을 잡고 흔들었다. 고마운 이리나 할머니. 여기까지 왔는데 번지점프라도 하고 가야 알리오사에게 체면이 설 것 같았다.

해야 할 일을 미루고 미루다 결국 할 수밖에 없었던 적이 많았다. 대부분 좋아한 일이 아니었다. 억지로라도 결국 하고 만 일들은 내 삶이 내 등을 힘껏 떠민 것이었을까. 알리오사가 전학을 온 것도, 아니 그 이전에 길 잃은 아기 고양이 로타를 만난 것부터가 이리나 할머니에게로 나를 이끈 정해진 운명 같았다. 사람에게 눈동자가 있는 이유는 '난 너를 바라보고 있어', '난 너에게 관심 있다고', '난 사랑에 빠졌어'라는 말을 대신하기 위함이라고 엄마가 말해 주었다. 할머니의 깊고 검은 눈동자는 푸른 눈동자를 가진 나를 향해 빛났다. 그러고 보니 할머니의 검은 눈동자가 그림 속 동양인 여자의 눈동자와 닮았다.

"나타샤야, 내 마음에는 가끔씩 고통에 몸부림치는 어른이 한 명 살고 있단다."

"그럴 땐 어떻게 해야 해요?"

"살살 달래 줘야 해. 아파서 우는 애를 더 아프게 해서는 안 되거든. 나는 그림을 그린단다."

왈칵, 눈물이 쏟아졌다. 할머니가 내 등을 토닥여 주었다.

"서로를 좀 더 알게 되면 그 사람을 이해하게 되고, 그 사람에게 너그러워지지. 아마도 네 마음속 아이가 널 나에게 보낸 것 같구나."

할머니 얘기처럼 내 마음속 아이는 절박함과 간절함, 외로움과 두려움으로 똘똘 뭉쳐 있다.

"로타를 데려왔다고 엄마에게 뺨을 맞았어요."

"많이 아팠겠구나."

"참을 수 있었어요. 그런데 엄마가 로타를 갖다 버리라고 할 때는 도저히 참을 수 없었어요. 나를 갖다 버리겠다고 윽박지르는 것 같았거든요. 나는… 엄마가 증오하는 아빠를 닮았으니까요."

"그랬구나. 가슴이 미어졌겠구나."

그때의 아픈 내 마음을 정확히 표현해 주는 말 같았다. 정말로 난 가슴이 미어졌었다. 내 입에서 꺼이꺼이 울음이 터져 나왔고 눈물이 강물 위로 뚝뚝 떨어졌다.

엄마가 널 정말로 갖다 버릴 거라 생각하니?"

"아마도요…."

"절대로 널 버리지 않을 게다."

울음 끝이 잦아질 때까지 할머니가 내 등을 쓸어내렸다. 미어졌던 마음이 조금씩 누그러들었다. 그렇다고 엄마를 용서하는 건 절대 아니다.

"곧 다이빙이 시작될 모양이다. 내려가서 보자꾸나."

다이빙 구경을 놓칠세라 마음이 급한 할머니가 허둥지둥 내달렸다. 덩달아 내 발걸음도 빨라졌다. 땀이 소나기처럼 쏟아졌다.

한 마리 새가 되어

다이빙은 시작될 듯 말 듯 애간장을 태웠다. 물가로 내려온 사람들은 헤엄을 치며 더위를 식히다가 다리를 올려다보았다. 건너편 강가 쪽 바위에서는 아이들이 지칠 줄 모르고 다이빙을 하거나 자맥질을 하며 놀았다. 나도 새빨갛게 익은 몸을 식히기 위해 시원한 물로 얼굴을 적시고 목과 어깨, 가슴과 등에다 물을 끼얹었다. 찬 기운이 몸속으로 퍼져 나가자 레모네이드를 마실 때처럼 몸속 세포가 화르륵 살아났다. 내친 김에 물속에다 몸을 담가 버렸다. 몸속 세포가 물을 빨아들이는 느낌이 참 좋다. 살아 있는 느낌이 든다. 물속은 편안하다. 내가 수영을 좋아하는 이유이기도 하다. 이 느낌이 태아의 기억 때문이라고 사라가 말해 줬다. 엄마 배 속 양수에서 헤엄치던 때의 시간을 기억하는 거라고. 엄마는 내가 엄마가 살아가는 이유이자 기쁨이라고 했다. 그런데 내 몸속에는 엄마가 증오하는 아빠의 유전자가 흐르고 있다. 나를 볼 때마다 무의식적으로 아빠가 떠올라 짜증이 났을 거다. 태어날 때부터 갖고 있는 무조건반사처럼 말이다.

"드디어 시작할 모양이다."

할머니 말씀대로 수영복 차림의 다이버가 두 팔을 뒤로 뻗어 다리 난간을 잡고 서 있었다. 구경꾼들은 손뼉을 치고 휘파람을 불며 환호성을 질렀다. 두 팔을 뒤로 해서 난간을 잡고 서 있는 다이버가 위태로워 보였다. 다이버가 한쪽 팔을 번쩍 들어올렸다. 삽시간에 주위가 조용해졌다. 콸콸콸 물소리만 들렸다. 나는 침을 꿀꺽 삼키며 다이버에게 눈을 고정했다. 훌쩍, 다이버는 순식간에 몸을 날렸다. 한 마리 새처럼 날아 물속으로 풍덩 뛰어들었다. 물보라가 사방으로 퍼져 나갔다. 찰나였지만 경이로웠다.

사람들이 환호성과 손뼉을 쳤다. 나도 손뼉을 쳤다. 물 밖으로 얼굴을 내민 다이버가 손을 흔들어 답례를 하고는 천천히 헤엄을 쳐 물가로 나왔다. 낯이 익었다.

"네르민, 네르민?"

다이버는 네르민 아저씨였다. 아저씨가 물살을 가르며 우리 곁으로 헤엄쳐 왔다.

"수고 많았네. 자네가 좀 도와줘야 할 일이 생겼네."

"뭐든지요."

"예전에 여기서 번지점프를 한 걸로 알고 있는데, 그때 썼던 장비를 가지고 있으면 빌려줄 수 있겠나?"

"그건 왜요?"

"필요하니까 빌려달라는 거지, 뭘 그리 꼬치꼬치 캐묻나. 날 취조할 셈인가?"

"범죄 소설을 너무 많이 읽으셨다니까. 혹시 아주머니가 하려는 건 아니죠?"

아저씨가 낄낄거렸다.

"왜? 내가 하면 안 되는 이유라도 있는가?"

"장비가 있다고 누구나 번지점프를 할 수 있는 건 아니에요. 그것도 아주머니 혼자서요? 어림도 없지요."

"자네가 도와준다는 거로군. 잘 됐네."

"제가요? 언제요?"

"나 혼자 할 수 없으니, 자네가 도와주겠다는 거 아니었나? 고맙네, 고마워."

이리나 할머니가 아저씨 손을 덥석 잡고 흔들었다.

"사실은 내가 아니라, 나타샤가 할 거야."

"더 안 되죠. 자라는 꿈나무에게 위험한 일을 절대 시킬 수 없습니다."

아저씨 대답이 단호해 뭐라도 거들어야 할 것 같아 국가 대표 선수에게 수영과 잠수를 배워 수준이 국가 대표급이라며 뻥을 튀겼다. 아저씨는 국가 대표 할아비에게 배웠대도 번지점프는 위험하다며 손사래를 쳤다. 나를 걱정하는 아저씨 마음은 충분히 전달되었지만 내 수영 실력을 너무 하찮게 보는 것 같아 기분은 좋지 않았다. 슬슬 오기가 발동했다.

"자네가 우리 모스타르를 대표하는 최고 다이버라 부탁했는데, 그만두게. 자네가 아니어도 날 도와줄 사람은 많으니. 좀생이처럼 생겨 가지고는 원."

"좀생이라뇨? 제가 어딜 봐서 좀생이예요? 너무 위험해서 그런 거죠."

아저씨가 정색을 하고 나섰다.

"그러니 자네에게 도움을 청한 거지. 위험하지 않으면 자네에게 부탁할 이유가 하나도 없겠지."

"어휴, 아주머니 고집을 누가 꺾겠어요. 아무리 번지점프래도 심장에 무리가 갈 수 있으니, 몸을 물에 익혀야 해요. 저기 가서 연습을 해야겠다."

"좋지. 지금 당장 익히게. 내일이라도 번지점프를 해야 하네. 모레면 집으로 돌아가야 하거든. 난 자네 대신 식당 일을 거들겠네."

할머니가 나를 향해 찡긋 윙크를 날렸다. 아저씨가 골치 아픈 일을 떠안았다며 구시렁거렸다. 나는 거센 물살을 가르며 힘찬 팔놀림을 과시했다. 아저씨 표정이 조금 누긋해졌다. 할머니는 다이빙 연습이 끝나는 대로 번지점프 장비를 챙겨 서둘러 오라는 명령을 내리고는 종종걸음을 쳤다. '서둘러'를 어찌나 강조하는지 모의하는 조직의 우두머리 같았다.

건너편 바위에서 다이빙 연습을 하자는 아저씨에게 헤엄쳐 가자며 거드름을 피웠다. 물살이 세고 깊어도 거뜬히 건널 수 있는 능력을 보여 주고 싶었다. 아저씨는 물이 차 너무 오래 있으면 감기에 걸릴 수 있고, 번지점프 장비를 챙기려면 다이빙 협회 사무실에 들러야 한다며 물 밖으로 나갔다. 어쩔 수 없이 물 밖으로 따라 나갔다. 주르르 뚝뚝뚝, 젖은 옷을 꽉꽉 짜며 아저씨 뒤를 좇았다. 뜨거운 햇살이 물기 그득 찬 세포를 뚫고 속속속 파고들었다.

"아저씨, 정말 멋졌어요."

"고맙구나. 내 실력이 뛰어나긴 하지만 모스타르 최고의 다이버는 케난이었지. 케난이 다이빙할 때는 한 마리 새였거든. 지금은 안 뛰어서 그렇지."

"왜요? 왜 안 뛰어요?"

"사랑을 잃어버린 거지."

하마터면 이 엄숙한 마당에 픕 하고 뿜을 뻔했다. 아저씨 얼굴은 사랑뿐만 아니라 나라까지 잃은 듯 진지했다.

"사랑 찾아 전국을 헤매는 사랑 사냥꾼이네요."

"사랑 사냥꾼, 그 말 좋다. 전쟁 전에 케난이 이사 간 건 신의 한 수였어. 전쟁으로 사라예보가 끔찍했겠지만, 애나에게 총을 겨누는 것보다야 나았겠지."

"서로 적이었어요?"

"무슨 소리! 적이 아니고 결혼할 사이였지."

애나와 케난 이야기는 다음 학기 작문 쓰기 소재로 구미가 확 당겼다. 도입부만 들었는데도 흥미진진했다.

"그때는 서로가 서로를 죽여야 사는 전쟁이라, 어쩔 수 없이 총을 겨누었을 거야. 어휴, 그놈의 전쟁이 터져 빵을 서로 나눠 먹고 수영을 같이 하던 친구가 적이 될 줄 누가 알았겠니."

아저씨가 한숨을 푹푹 내쉬었다. 절뚝절뚝, 아저씨 걸음이 불편해 보였다. 더 많은 이야기가 궁금했지만 어느새 다이빙 협회 사무실 앞에 도착했다.

"아저씨, 장비는 없다고 말해 주세요."

"갑자기 마음이 바뀐 거니?"

"나중에 해도 될 것 같아서요."

"그럼, 다이빙 연습도 나중에 할까?"

"아니요. 제 실력은 보셔야죠."

번지점프를 미루는 대신 오늘은 바위에서나마 다이빙을 해야 직성이 풀릴 것 같았다.

아저씨와 나는 다리를 건너 물가 바위로 갔다. 남자아이들이 힐끔힐끔 쳐다보며 수군거렸다. 녀석들은 '설마 여자가 다이빙 하러 온 건 아니겠지?' 하는 건방지고 호기심 가득한 눈총을 날리며 물속으로 풍덩풍덩 뛰어들었다. 바위를 휘돌아 흐르는 물살이 거셌다. 수영장이라면 당장 뛰어들겠지만 주눅 들었다. 아저씨가 물살 센 곳에서의 유의할 점을 설명해 주었다. 머리를 앞으로 약간 숙이고 팔은 머리 위로 일자로 쭉 뻗어서 입수하고, 배부터 물에 닿아서는 절대 안 된다고 강조했다. 배치기를 잘못하면 장이 파열돼 죽을 수 있다며 단단히 주의를 줬다.

아저씨가 알려 준 대로 내가 두 팔을 앞으로 쭉 뻗자, 아저씨는 자세를 바로잡아 주며 다이빙 후에는 물살 방향으로 헤엄쳐 나오라고 재차 당부했다. 내게 쏠린 눈길이 거북살스러웠지만, 본때를 보여 주고 싶었다. 숨을 깊이 들이마시고 내쉰 후 이내 물속으로 뛰어들었다. 강한 물살이 온몸을 강타했다. 뼛속까지 박히는 아픔만큼 희열이 올라왔다. 바위에 올라앉은 아이들이 박수를 치며 휘파람을 불었다. 아주 잘했다고 아저씨도 칭찬해 주었다. 내 스스로도 만족스러웠다. 보란 듯이 거듭 다이빙을 해 보였다. 나무가 우거진 곳이라 그늘이 져 몸에 오소소 소름이 돋았다.

사라예보의 첼리스트

카페 애나는 한산했다. 할머니는 알리오사에게 전화가 여러 번 왔다며 어서 전화부터 해 줘야 한다, 안 그러면 알리오사의 숨이 넘어갈 것 같다며 재촉했다. 할머니와 수다를 떨고 있던 아줌마도 어서 전화를 하라며 거들었다. 아줌마는 자기를 밀비야라고 소개하며 케난과 네르민과 애나와 밀라와는 소꿉친구라고 말했다. 케난과 애나에 대한 정보를 얻게 될 인적자원이 한껏 풍부해졌다.

"나타샤야, 감기 걸리겠구나. 옷부터 갈아입고 전화하거라."

할머니 얘기에 배낭에서 옷을 꺼냈다.

"자네, 장비는 안 챙겨 오고 왜 빈손인가?"

"그게 아무리 찾아도 없더라고요. 제가 며칠 내로 틀림없이 준비해 놓겠습니다."

"일 처리가 변변찮군. 나타샤를 사라예보로 그냥 보낼 셈인가."

할머니가 아저씨를 대역죄인 취급해 내 입장을 난처하게 만들었다. 할머니는 내일이라도 당장 구해 오라며 아저씨를 다그쳤다. 어느새 내 입에서 월요일이 개교기념일이라 휴교라는 계획된 거짓말이 술술 나왔다.

알리오사의 입을 막기 위해 전화기를 들었다. 알리오사의 흥분된 목소리가 수화기 너머로 들려왔다. 도착하자마자 전화부터 해야 하는 거 아니냐며 살짝 언성을 높였다. 미안하다며 스르륵 꼬리를 내리자 다소 누긋해진 알리오사가 뭘 했는지 꼬치꼬치 캐물었다. 바위에서 다이빙을 했다고 말하자, '다리 위에서는 못 하겠지?' 하며 낄낄거렸다. 기분이 좀 나빠져서 말을 돌리려 사라에 대해 물었다. 알리오사는 사라가 전혀 눈치 못 챘다며 엄청 뻐겼다.

"전범 사냥은?"

"네가 이렇게 관심 있는 줄 몰랐네."

"잘돼 간대?"

"굉장한 놈을 추격 중이래. 그놈을 법정에 세우려면 증인이 필요하대. 설득 중인가 봐."

"붙잡으면 되는 줄 알았는데 뭐가 복잡하네."

옷부터 갈아입고 전화할 걸 그랬다. 실내라 그런지 으스스 몸이 떨렸다.

"증거나 증인이 없으면 확인할 방법이 없잖아. 그놈들도 그걸 이용해 교묘히 빠져나가나 봐."

"그렇구나. 그런데 알리오사, 젖은 옷 입고 있었더니 너무 추워. 다음에 또 전화 할게."

알리오사가 어찌나 아쉬워하는지 수화기를 내려놓는 내 손이 다 미안할 정도였다.

주방 안쪽에 있는 작은 방으로 들어가 옷을 갈아입자 한결 따뜻했다. 네르민 아저씨는 얼음이 둥둥 떠 있는 냉커피를 마시며 아줌마와 수다를 즐겼다. 할머니는 주방에서 초르바◆를 끓였다.

"애나만 있으면 완벽하겠네요."

냉큼 미끼를 던졌다. 입질이 오기까지 조바심을 내비쳐서는 안 된다. 인내심을 가지고 느긋하게 기다려야 한다.

"케난이 기다리는 줄 알까?"

"알면 왔겠지. 혹시 전쟁 때… 그렇지 않고서야 안 올 애나가 아니잖아."

밀비야 아줌마가 미끼를 덥석 물자 연달아 네르민 아저씨까지 끌려왔다.

"그럴 만한 이유가 있지 않을까요?"

다시 미끼를 투척했다.

"이유? 무슨 이유?"

"실제로 그렇다는 게 아니라, 그럴 수도 있다는 거죠. 드라마 보

◆ 보스니아를 비롯해 서남아시아 사람들이 즐겨 먹는 수프.

면 주인공은 꼭 곤경에 처하잖아요."

"하긴, 살아 있다면 당장 오고도 남았을 테지. 이유가 있어 못 오는 건 분명해."

밀비야 아줌마가 한숨을 푹 내쉬었다. 분위기를 무겁게 몰아갈 요량이 아니었는데 이상한 방향으로 흘러가 버렸다.

"혹시 제가 애나를 많이 닮았나요? 밀라 아줌마도 절 보고 애나라고 부르더라고요."

"걘 금발만 보면 다 애나인 줄 알아. 조금 전에 오다 보니까 애나네 빵집 앞에서 애나를 부르고 있더라. 어쩜 그렇게 전쟁 후 일을 하나도 기억 못 할까."

"전쟁 전 일은 기억하고요?"

새 미끼를 또 던졌다.

"전쟁 전 일은 애나네 석류나무 아래서 머리카락 땋아 주던 일까지 기억하면서 전쟁이 터진 사실을 아예 모른다니까."

"차라리 잘됐지 뭐. 나도 전쟁 때 일은 싹 지워 버리고 싶어."

"나도 그래. 으이그, 얼마나 끔찍했니."

주거니 받거니 하던 아줌마와 아저씨가 머리까지 절레절레 저었다.

"애나가 밀라네 가족과 함께 간 건 틀림없어. 유일하게 살아남은 고양이를 데려갔다고 들었어."

"고양이 이름이… 그래 맥이었다, 맥. 네가 데리고 온 고양이와 비슷하게 생겼구나. 애나가 무척 귀여워했는데."

혹시나 금발 애나가 엄마일지 모른다는 생각은 역시나 틀렸다. 엄마는 고양이를 아빠만큼이나 싫어하니까.

"그런데 왜 밀라만 돌아왔을까요?"

"밀라가 돌아올 때는 이미 제정신이 아니어서 어떻게 된 건지 물어볼 수도 없었고, 간혹 기억이 돌아오긴 해도 차마 물어볼 수 없더라."

"해리성 기억상실증이네요. 어떤 충격에 반응하면 기억이 돌아올 수 있어요."

아저씨와 아줌마는 고작 이런 걸로 경탄을 했다.

"애나네 빵집에 가 봐도 되죠?"

"전쟁 때 무너진 그대론데, 볼 게 뭐 있다고."

"그냥 한번 보고 싶어서요."

할머니가 초르바를 먹고 산책 할 겸 가 보자고 했다. 아저씨와 아줌마는 애나네 빵집 얘기를 다시 꺼내더니 어린 날의 애나는 말괄량이였고 글을 잘 써서 작가가 되고 싶어 했으며, 친구들 얘기를 잘 들어줘서 모두 애나를 좋아했다며 쉴 새 없이 수다를 떨었다. 갑자기 아줌마가 아저씨에게 너도 애나 꽁무니를 졸졸 쫓아다니지 않았냐며 놀렸다. 아저씨는 전쟁의 신 아레스를 욕했고, 큐피드가 화살을 제대로 쏘아야지 영 엉터리 궁수였다며 투덜거렸다. 그사이 할머니가 초르바를 가지고 나왔다.

이른 저녁으로 초르바와 빵을 먹었다. 녹두를 갈아 넣은 초르바가 어찌나 구수한지 먹어도 먹어도 질리지 않았다. 빵을 초르바에 찍어 먹다 보니 두 덩이나 먹었다. 배가 든든해진 나는 할머니와 함께 카페 애나를 나왔다. 저녁이 되자 살살 부는 바람이 머리카락을 날렸다. 젖은 옷을 너무 오래 입었던 탓에 살짝 몸이 떨렸다. 내 품에서 잠든 로타의 보드라운 털을 볼에다 살살 비볐다.

길 건너 골목으로 접어들자 그윽한 향기와 비파 소리가 들렸다. 이번에는 할머니 뒤를 바싹 따라붙었다. 몇 번의 골목길을 꺾어 가니 미나레트가 우뚝 솟은 자미 앞에 도착했다. 자미 건너편 반쯤 무너져 내린 담장에는 활짝 핀 능소화가 살랑살랑 불어오는 강바람에 꽃잎을 흔들었다. 담장을 훌쩍 넘긴 무화과나무도 푸른 잎사귀를 흔들며 반겼다. 장단이라도 맞추듯 무화과나무 가지에 앉은 새들이 째그르르 노래를 불렀다. 밀라 아줌마는 집으로 돌아간 모양이었다.

마당으로 들어서자 입을 쩍 벌린 석류가 나를 유혹했다. 단박에 입안 가득 사르르 군침이 돌았다. 할머니에게 허락을 받고 석류를 따 입에 털어 넣고는 씨까지 우적우적 씹어 먹었다. 입안 가득 퍼진 새콤달콤한 즙이 몸과 마음을 즐겁게 해주었다. 폭격으로 무너져 내린 잔해를 뚫고 풀꽃이 피어 있었다. 엄마도 전쟁 중에 가족을 모두 잃었다고 했다. 엄마가 텔레비전을 보며 남 얘기처럼 툭 던진 말이었다. 전쟁 때는 많은 아이들이 고아가 되었고 많은 어른들이 사랑을 잃었다며 아무렇지도 않게 말했다. 그래서 전쟁은 별게 아닌 줄 알았다. 이미 15년이나 지난 일이기도 했고. 그런데 전쟁 때 무너진 애나의 집에 서 있으니 기분이 이상했다. 전쟁으로 나는 아빠를 잃었고, 엄마는 가족과 남편을 잃었다고 생각하니 가슴이 아렸다.

"사라예보의 첼리스트 이야기 알지?"

"학교에서 지겹도록 들었어요."

'지겹다'라는 말에 할머니가 피식 웃었다.

"지겹지만, 한 번 더 들어 주겠니? 난 포탄이 떨어졌던 빵집 앞 아파트에 살았거든. 그날 부엌 창가에서 내 친구와 아침 인사를 나누고 있었단다."

할머니의 떨리는 목소리가 나직나직 이어졌다.

할머니의 친구는 전쟁이 터지고 얼마 안 돼 남편을 잃었다고 했다. 물을 구하러 집을 나섰다가 세르비아 민병대인 체트니크가 쏜 총에 맞아 목숨을 잃었다. 친구는 그동안 남편이 해 오던 일을 도맡아 해야 했다. 물을 길어 와야 했고, 땔감을 구해 와야 했으며, 빵까지 구해 와야 했다. 그날도 새벽에 양조장으로 가서 물을 구해 왔고, 빵을 사기 위해 줄을 서서 기다리고 있었던 것이다. 쾅 콰과광, 사람들 위로 포탄이 떨어졌다. 비명을 지르며 흩어졌지만 미처 피하지 못한 사람들은 그 자리에 쓰러지고 말았다. 할머니의 친구도 끝내 숨을 쉬지 못했다.

"그 순간 난 남편과 아이들이 죽지 않아 얼마나 다행인지 모른다며 알라신에게 감사의 기도를 드렸단다. 친구의 살아남은 아이들이 걱정되었지만, 우리에게 있는 빵을 나눠 주지 않았어. 혹시라도 아이들이 배고프다며 우리 집을 찾아오면 어쩌나 하는 걱정까지 했지. 다행히 아이들은 오지 않았단다. 난 아주 나쁜 사람이야, 나쁜 사람."

할머니는 절대 나쁜 사람이 아니라고 말해 주고 싶었지만 내 입에서는 아무 말도 나오지 않았다. 그날 일을 떠올리는 게 괴로운지 할머니가 두 손으로 가슴을 눌렀다.

잠시 멎었던 할머니 얘기는 계속 되었다. 스물두 명이 죽은 다음날 4시에, 검은 연미복을 차려입은 첼리스트가 나타났다. 사라예보 필하모닉의 첼리스트인 베드란 스마일로비치 이야기는 그가 연주한 〈알비노니의 아다지오 사단조〉만큼이나 정말 지겹도록 들었다. 나는 할머니 친구의 살아남은 아이들 이야기가 더 궁금했지만 할머니 얘기를 끊을 수 없었다. 할머니 목소리는 조금 밝아졌다. 첼리스트는 가지고 온 의자에 앉아 죽은 이들을 애도하듯, 살아남은 사람들을 위로하듯 첼로 연주를 했다.

사람들은 그가 하루만 연주하고 그만둘 거라 생각했다. 사람들 예상과는 달리 다음 날도 그다음 날도 첼로 연주는 계속되었다. 언제든지 총알이 날아와 가슴팍에 박힐 텐데도 연주를 하다니, 도무지 이해할 수 없는 행동이었다. 사람들은 그가 정신이 이상해졌다고 믿기 시작했다. 죽음을 두려워하지 않다니, 이성적인 사람이 할 행동이 아니었으니까.

첼로 연주는 스물두 명의 죽음을 위로하듯 22일 동안 계속되었다. 하루, 이틀, 사흘이 지나자 첼로 소리를 듣기 위해 한 명 두 명 사람들이 모여들었다. 연주를 듣는 동안 사람들은 목마름도 배고픔도 잊을 수 있었고 전쟁마저 잊었다. 열흘이 지나가자 절망에 빠져 있던 사람들 마음속에 희망이 싹텄다. 전쟁이 곧 끝날 거라는 희망이.

"나타샤, 대단하지 않니? 그때서야 사람들은 첼리스트가 옳은 선택을 했다는 걸 깨달았단다. 누구나 첼리스트와 같은 선택을 할 수 있고, 누구나 할 수 있는 건 아니지."

"대부분 못 해요."

"글쎄다. 선택은 내 마음이 하겠지. 첼리스트처럼 선택하지 않았다고 비난해서도 안 되고 비난받아서도 안 되겠지. 그저 많은 사람이 첼리스트와 같은 선택을 하면 좋겠다는 거야."

"그건 무리예요."

사실 강요라는 말을 하고 싶었다. 할머니도 내 말에 공감한다는 듯 천천히 고개를 주억거렸다.

"죽음을 각오하고 첼로를 연주한 게 중요하지. 부드러운 첼로 연주가 총알보다 더 강하다는 걸 우리는 알았으니까. 총알은 고통과 슬픔을 주지만 첼로 연주는 희망과 기쁨을 주거든."

할머니가 잠시 숨을 골랐다. 낮게 심호흡을 하고는 다시 말을 이었다.

"내 친구의 살아남은 아이들이 떠오를 때마다 그때는 전쟁 중이라 어쩔 수 없었다고 변명했단다. 인간의 본성이 도드라질 때가 비참하거나 참혹한 순간이란 걸 미리 알았다면 내 선택은 조금 달라졌을까. 난 하늘나라에서 친구를 만나면 그 애 얼굴을 똑바로 볼 수 없을 거야. 어렵고 힘들수록 불쌍한 사람을 돌볼 줄 알아야 한다고 알라신은 말했지만 난 지키지 못했으니까. 내가 살고 싶은 만큼 남도 살고 싶고, 내가 갖고 싶은 만큼 남도 갖고 싶었을 텐데 말이다. 시간이 흘러도 변하지 말아야 할 게 남을 불쌍히 여기는 마음인 걸 이제야 조금 알겠구나. 타인의 아픔을 공감하는 마음 말이다. 진실은 불편하지."

할머니 얘기는 강에서 불어오는 바람처럼 부드러웠지만 할머니 말대로 불편했다. 할머니 말씀대로 살아야겠지만 그렇게 살 사람이 과연 몇 명이나 될까? '이상'과 '현실' 사이에는 '과'만 있는 게 아니라 무수한 의미가 담겨 있다. 이를테면 양심, 정의 같은 거.

냐아옹, 갑자기 로타가 내 품을 빠져가더니 돌무더기로 내달렸다.

"로타야, 이리 와."

로타는 생쥐라도 발견했는지 전력 질주를 했다. 로타를 뒤쫓았다. 로타는 돌무더기가 쌓여 있는 2층으로 올라가는 돌계단을 폴짝폴짝 뛰어올랐다.

"로타야, 위험해."

순식간에 로타가 사라져 버렸다.

조심조심 2층으로 올라갔다. 먼지투성이 옷가지와 깨진 유리 조각, 망가진 나무 책상과 침대가 나뒹굴었다. 전쟁의 흔적이 고스란히 남아 있었다. 로타 목소리가 부서져 내린 책상 근처에서 들렸다. 할머니가 그만 집으로 가자며 재촉했다. 로타를 붙잡으려고 책상 밑에다 얼굴을 들이밀자 책상 다리 근처에 반짝이는 게 보였다. 허섭스레기를 치워 내자 쇠줄로 된 목걸이가 나왔다. 하트모양의 메달에는 '애나 하트 케난'이라는 글씨가 적혀 있었다. 다른 걸 더 찾기 위해 여기저기를 파헤쳤더니 가죽 가방까지 나왔다. 가방 안에는 애나가 썼던 손거울이며 머리핀이 들어 있었다. 로타 덕에 횡재를 했다.

"나타샤, 그만 가자."

"네, 지금 갈게요."

때맞춰 나타난 로타도 내 다리에 몸을 비볐다. 서둘러 계단을 내려와 밖으로 나오니 어느새 하늘은 주홍빛 노을로 곱게 물들어 있었다.

배낭을 챙겨 할머니네로 갔다. 담장을 빙 둘러 붉은 넝쿨 장미가 피어 있었다. 마당 가득 다양한 꽃들이 피어 있었고, 마당 한

쪽에는 흙이 잔뜩 묻은 튤립 알뿌리가 놓여 있었다. 태양을 한껏 품은 알뿌리에서 꽃을 보려면 2월쯤에 밖에다 내놓아야 한다고 했다. 튤립은 반드시 추위를 거쳐야 꽃을 피운다면서 말이다. 얼어 죽지 않고 생명을 품어 꽃을 피우는 과정이 참 신기했다.

집 안으로 들어섰는데 전화벨이 요란했다. 알리오사에게 또 전화가 왔다. 애나를 찾았거나 전범을 체포했다는 속보는 아니었지만 사라가 나 때문에 애면글면하고 있고, 담임선생님이 병결 처리를 했다는 정보를 얻을 수 있었다.

"아리안하고는 화해했어?"

"그딴 놈 얘기 꺼내지도 마."

"옆 반 애는 학교 안 나오지?"

"글쎄…."

알리오사가 시큰둥하게 대답하는 사이 거실을 둘러보니 그림이 꽤 많았다. 10월에 열릴 전시회 작품 같았다. 아기를 안고 있는 여자, 혼자 있는 여자, 임신한 여자들이었다. 그림 속 여자들 표정이 꽤나 복잡했다. 슬픈 표정인가 싶다가 화난 듯, 화난 듯하다가 기쁜 것 같고, 기쁜 듯하다가 아픈 것 같았다. 도무지 표정의 깊이를 알 수 없었다. 그런데 신기하게도 '너, 내 얘기 좀 들어줄래?' 하고 물어 오는 것 같았다. 아기를 안고 있는 여자의 동굴처럼 깊은 까만 눈동자가 오묘했다. 꾹 다문 입 대신 눈동자가 나에게 말을 걸어오는 것 같았다.

“아! 알리오사, 애나네서 목걸이 찾았어.”

“오, 케난 아저씨가 좋아하겠다. 나도 궁금하고.”

알리오사가 꽤 관심을 보였다.

할머니가 이젤 앞에 앉아 아기의 금발에 붓질을 했다. 나는 내일 또 전화하자며 부랴부랴 수화기를 내려놓았다. 나타샤, 나타… 내 이름을 애타게 부르는 알리오사 목소리가 뚝 끊겼다.

“이틀 후면 만날 건데 그걸 못 참고.”

일요일에는 나를 반드시 집으로 돌려보내겠다는 할머니 의지가 확고해 보였다.

“앤 누구예요?”

“나일 수도 있고, 너일 수도 있고, 우리일 수도 있지.”

아리송한 할머니 대답은 ‘기다려, 내가 알기 쉽게 풀이해 줄게’ 하는 신호 같았다. 사라가 군인 아빠 얘기를 침 튀기며 할 때처럼 할머니가 연설을 시작하려는지 목을 가다듬었다.

“세상은 강자의 목소리를 진리처럼 떠받들고 있지.”

첫 문장부터 턱 숨이 막혔다.

“강자와 약자가 대립하면 약자의 목소리는 무시당하거나 사라져 버리거든. 경쟁 사회의 약자와 강자의 위치를 생각해 봐. ‘적자생존’ 딱 네 음절로 설명할 수 있단다. 전쟁 중에는 여성과 아이들이 약자란다. 특히, 여성들은 성폭력의 표적이 되거든. 나이 어린 여자아이라고 봐주질 않아. 끔찍하구나…. 누군가가 약자의 목소리를 드러내지 않으면 그들은 공룡처럼 멸종하고 말아. 그림은 멸종당하지 않으려는 내 발버둥이란다. 전쟁의 상처에서 빠져나오기 위한 수단이기도 하고, 전쟁의 기억이기도 하지."

할머니 얘기는 자꾸 머리를 써야 했고 불편했다. 물론 유익하기는 했지만 유쾌하지는 않았다.

내 표정이 피곤해 보였는지 할머니가 내일 아침에는 모델이 되어야 하고, 번지점프도 해야 하니 일찍 자라며 내 등을 떠밀었다. 방으로 들어와 침대에 엎드려 일기를 썼다. 많은 일을 한 긴 하루를 정리하고 싶었다. 머릿속에 가득 찬 이야기가 어서 밖으로 꺼내 달라고 아우성을 쳐 댔다. 머리가 조금 지끈거리고 목도 조금 아팠다. 밤하늘은 반짝이는 별들로 가득 찼다. 잠들지 못한 물소리가 바람결에 마실을 나왔다. 또랑또랑한 눈망울을 한 로타의 부드러운 털이 손등을 간질였다.

정리 정돈

모델 일은 만만찮았다. 슬쩍슬쩍 고개를 까닥거렸지만 좀이 쑤시고 온몸이 뒤틀렸다. 스케치가 끝났다는 반가운 소식에 시계를 보니 두 시간이 훌쩍 지났다. 로타는 그림을 그리는 할머니 발치에 누워 잠을 잤다. 자유란 얼마나 달콤한지. 밀라 아줌마를 만나러 애나네 빵집으로 내달렸다. 어제 주운 메달이 주머니에서 들썩였다. 이 메달을 본다면 밀라 아줌마 기억이 살아날지도 모른다는 확신이 어젯밤부터 들었다. 발걸음이 재발랐다.

언젠가 사라와 다리를 건너는데, 낯선 여자가 전생을 봐 주겠다며 다가왔었다. 자신은 과거와 현재를 연결해 주는 영매자라고 소개했다. 엉터리인 줄 알면서도 재미로 각각 1마르카를 내고 전생 체험을 했다. 영매자가 시키는 대로 눈을 감고 두 손을 모았다. 영매자는 손바닥을 요란스레 비비더니 내 머리 위에 올려놓고는 알 수 없는 주문을 외웠다. 외계인이 쓰는 말 같았다. 이상하게 정수리가 뜨뜻해지더니 얼굴이 화끈거리고 가슴이 발랑발랑 뛰었다.

영매자는 내 전생이 111가지가 있는데, 한 가지만 알려 주겠다고 했다. 나머지는 이다음에 어른이 돼서 오늘처럼 우연히 만나게 될 때 알려 주겠다며 슬슬 속임수를 썼다. 사람을 그렇게 믿지 못해서 어떻게 세상을 살아가겠냐며 속마음을 읽기라도 한 듯 영매자가 소리쳤다. 그러고는 내 전생 얘기를 꺼냈다.

"인도에 가면 물의 도시가 있어. 넌 그 도시의 왕비였어."

괜찮은 전생이었다. 잔뜩 기대를 걸고 물어본 사라는 이집트 여왕이 기르던 회색 앵무새였다는 말에 파르르 화를 내며 이런 건 누구나 말할 수 있다며 1마르카를 돌려달라고 성질을 부렸다. 도망치듯 황급히 다리를 건너는 영매자를 향해 사라가 당신은 사하라사막을 기어 다니는 코브라였다며 저주를 퍼부었다. 다리 끝에 선 영매자가 소리쳤다.

"억겁의 시간을 지나 지금의 네가 된 거다. 지금은 너로 사는 시간이란 걸 명심해."

사하라사막의 코브라였을지도 모를 영매자가 손을 흔들며 골목길로 사라졌다. 그녀의 마지막 말이 또렷이 남았다.

골목으로 접어들자 어제처럼 그윽한 향기와 비파 소리가 났다. 골목에 들어서면 타임머신이 억겁을 지나 지금의 내가 된 나를 억겁의 시간을 거슬러 1990년대쯤의 애나에게로 데려다주는 듯하다. 반쯤 무너져 내린 담장에는 더위에 지친 능소화가 축 늘어졌다. 마당으로 들어서자 무너진 돌무더기 위에 앉아 있던 밀라 아줌마가 벌떡 일어나 달려왔다. 애나를 부르면서 말이다. 내 손을 덥석 잡을까 봐 얼른 뒷짐을 졌다.

"전 애나가 아니에요. 그리고 애나는 없어요."

"넌 아주 나쁜 애구나. 어떻게 그런 말을 하니."

"아무리 불러도 대답하지 않잖아요."

내 대답에 밀라 아줌마 표정이 일그러졌다.

"애나는 멀리 떠났어요."

나는 메달을 슬그머니 손바닥에 올려놓으며 말했다.

"애나 거잖아!"

"저기, 2층 돌무더기에서 주웠어요."

"애나 걸 훔쳤지?"

밀라 아줌마가 내 팔을 움켜쥐며 윽박질렀다.

"전쟁이 터졌어요."

"뭐? 전쟁!"

"그래요. 전쟁."

부들부들 떨던 밀라 아줌마가 나를 와락 안았다. 눈물이 내 등으로 떨어졌다.

"애나, 우리가 행복했던 그날로 다시 돌아갈 수 있을까…."

밀라 아줌마 목소리가 또렷했다. 혹시, 시간의 수레바퀴에 올라탄 걸까? 밀라 아줌마가 팔을 풀고 나를 바라보았다.

"아줌마, 혹시 기억이 돌아왔나요?"

"그래…. 얘야, 내 얘기를 들어 주겠니? 내가 하는 말을 똑똑히 기억해 줘. 부탁이야."

나는 고개를 끄덕였다. 밀라 아줌마가 길게 심호흡을 하고는 말문을 열었다.

케난, 잘 있는 거니? 너와 내가 매일 만났던 다리를 바라보면서 이 편지를 써. 내 방 창가였다면 더 잘 보였을 텐데 지금은 폭격이 심해져서 우리 가족 모두는 아래층 거실에 모여 살아. 그러다 폭격이 더 심해지면 지하에 파 놓은 방공호로 피신해야 해.

금방 끝날 줄 알았던 전쟁이 점점 심해지고 있어. 동생들은 학교에 가지 못하게 되었고, 아빠의 빵집도 문을 닫았어. 언제 우리 집에 폭탄이 떨어질지 몰라. 모스타르 사람들은 이미 많이 죽었고 다쳤어.

모스타르에서는 네가 살던 크로아티아계 마을과 우리 보스니아 이슬람계 마을 간에 서로 총부리를 겨누고 있어. 말이 되니? 신발가게 아저씨 알지? 아저씨가 신발 대신 총을 들었어. 야채 가게 아저씨도 토마토 대신 총을 들었고. 어제까지만 해도 웃으며 이야기를 나누던 마을 사람끼리 총부리를 겨누고 있어. 이게 전쟁이래.

케난, 네가 사라예보로 가서 우리에게는 다행이야. 사라예보도 체트니크의 공격이 심하겠지. 넌 괜찮은 거니? 아주 많이 궁금해. 우리가 서로 만날 수 없게 된 지 벌써 2년이 지났어. 너와의 연락이 끊어진 지도 1년이 훨씬 넘었고. 사라예보가 체트니크에게 완전히 포위당한 날수만큼이야. 모두 전쟁 때문이야.

보고 싶어. 내가 그곳으로 갈 수 있다면 얼마나 좋을까. 이 전쟁은 언제 끝날까?

쾅, 콰광, 폭격소리에 집이 흔들렸다. 애나가 써 놓은 편지를 몰래 훔쳐보던 나는 깜짝 놀라 후다닥 아래층으로 내려갔다. 모두 깨진 유리 조각이 날카롭게 박혀 있는 창가로 몰려가 바깥 동정을 살폈다. 총알 맞은 창문은 깨져 버린 지 오래되어 창문으로 들어온 찬바람이 집 안을 서늘하게 만들었다. 나에게 전쟁은 다시 끼울 수 없는 깨진 유리창 같은 거였다. 불행의 순간을 속수무책으로 지켜 볼 수밖에 없는 이런 상황을 절망이라고 부른다. 전쟁은 불행의 또 다른 이름 같았다.

쿠아앙 쾅쾅, 스타리 모스트에 집중적으로 폭격이 가해졌다. 쿵우웅 쿵, 폭격을 이기지 못한 다리가 희뿌연 먼지를 일으키며 무너져 내렸다. 다리 파편들이 강물 속으로 떨어지는 게 보였다. 우리 모두는 얼굴을 감싼 채 울음을 터트렸다.

어느 새 총알은 마을을 향해 날아들었다. 우리 가족과 애나네 가족은 지하에 파 놓은 방공호로 몸을 숨겼다. 우리는 두꺼운 카펫을 머리에 뒤집어쓰고 바닥에 납작 엎드렸다. 이불과 카펫으로 총알이 들어오지 못하도록 입구를 막아 두었지만 간혹 그걸 뚫고 들어온 총알이 기둥에 박혔다. 알라신의 보호를 믿었지만 무서웠다.

한바탕 폭탄이 쏟아진 후 마을은 조용해졌다. 11월은 어둠이 일찍 찾아와 겨우 5시인데도 세상은 어두컴컴하고 서늘했다. 폭격이 멎은 틈을 이용해 어른들은 서둘러 빵을 구웠다. 애나네 빵집은 문을 닫았지만 배고픈 사람들이 빵을 사기 위해 하나둘 몰려들었다.

애나가 다리에 가 보자며 내 팔을 끌었다. 나는 애나를 따라 마당으로 나갔다. 굴뚝에서 피어오르는 하얀 연기가 '나 살아 있다'라고 서로의 안부를 묻는 것 같았다. 휘어지고 꺾인 철근이 튀어나온 다리는 흉물스러웠다. 우리처럼 다리를 보기 위해 사람들이 하나둘 모여들었다. 강 건너편 크로아티아 마을 쪽에서도 구경 나온 사람들이 있었다. 매캐한 폭약 냄새에 머리가 지끈거리고 속이 메스꺼웠다.

"밀라, 케난은 어떻게 됐을까? 너도 알 거야. 저 다리 위에서 케난과 나는 수없이 많은 이야기를 나누었어. 매일매일 함께했던 소중한 기억들이 강물 속으로 사라져 버렸다고 생각하니 미칠 것 같아. 케난에게 무슨 일 있는 거 아닐까, 나 너무 불안해."

"괜찮을 거야."

나는 고작 이런 말로 애나를 위로했다. 전쟁 중에는 이 다섯 음절이 최선의 대답이었다.

“그만 가자. 엄마 아빠가 걱정하시겠다.”

나는 애나의 손을 끌었다. 나와 애나 때문에 어른들이 현관 앞을 서성이며 애를 태우게 하고 싶지 않았다. 종종걸음을 쳤다.

쾅 콰광! 붉은 섬광이 번뜩이더니 박격포와 예광탄이 우리 집 근처로 날아들었다. 밤에는 폭격을 하지 않겠다던 약속을 깨고 폭탄을 떨어트린 거였다. 비겁하고 나쁜 놈들. 사람들이 비명을 지르며 집 밖으로 뛰쳐나왔다. 카펫으로 온몸을 친친 감싼 사람들이 총알을 피해 봤지만 총알은 보란 듯이 정확하게 사람을 쓰러뜨렸다. 순식간에 집이 무너져 내렸다. 나와 애나는 집을 향해 달렸다. 골목을 빠져 나오던 아저씨가 우리 앞을 막아섰다. 폭격이 멎을 때까지 우리 손을 놓아 주지 않았다.

폭격 속에서도 용케 살아남은 개들이 컹컹컹 구슬프게 울었다. 박격포를 맞은 애나네와 우리 집은 파괴되었다. 돌무더기로 입구가 완전히 막혀 버린 방공호 앞에 엄마와 남동생이 울고 있었다.

“엄마?”

나는 통곡하는 엄마를 안았다. 울음을 터트린 애나가 무너진 돌덩이를 헤집고 집 안으로 뛰어 들어갔다. 엄마가 애나를 위로해 주라며 내 등을 떠밀었다. 냐아옹, 나뒹구는 탁자 쪽에서 맥의 울음소리가 들렸다. 다리 두 쪽이 부러져 나간 탁자를 옮기자, 맥이 간신히 빠져 나왔다. 오른쪽 다리를 절뚝였지만 다행히 다른 곳은 말짱했다. 나는 맥을 애나 품에 안겼다.

"맥아, 엄마 아빠는?"

"야옹."

"맥아, 동생들은?"

"야옹."

"나 혼자 어떻게 살라고…."

애나가 맥을 안고 울었다.

폭격으로 애나는 혼자 살아남았다. 난 엄마와 남동생이 살아남았으니 애나보다는 나은 편이었다. 이런 경우를 살아남은 게 죽는 것보다 더 비참하다고 해야 한다. 애나는 물 한 모금 마시지 않고 누워만 있었다. 맥이 혓바닥으로 애나의 볼을 핥았지만 힘겹게 눈을 뜬 애나는 이내 눈을 감아 버렸다.

"애나, 초르바 좀 먹어봐. 이제, 우리도 떠나야 해."

"냐아옹."

맥도 애나를 재촉했다.

"사람들이 마을을 떠났어. 우리도 사라예보로 갈 거야."

애나가 번쩍 눈을 떴다. 엄마는 이대로 있다가는 남동생이 군대로 끌려갈 거라며 어디로든 떠나기를 원했다. 사라예보는 체트니크에게 완전히 포위당했지만, 사라예보 공항 근처에 터널이 생겨 몰래 드나들 수 있었다. 애나는 어떻게든 사라예보로 가 케난을 만나고 싶어 했다. 이제는 애나의 유일한 희망이 케난이었으니까.

사라예보로 가자는 말에 애나는 초르바를 말끔히 비웠다. 밤이 되자 당장 필요한 옷가지와 담요를 챙겨 맥을 데리고 집을 나섰다. 강을 따라 걷는데 강바람이 차가웠다. 엄마와 남동생이 앞장을 서고 애나와 나는 손을 잡고 뒤따랐다. 우리들은 말없이 걸었다. 제대로 먹지 못한 채 이틀 동안 누워 있었던 애나 몸이 자꾸만 휘청거렸다. 나도 한 걸음 한 걸음 내디딜 때마다 발바닥이 아팠다. 다행히 엄마가 우리를 위해 중간중간 쉬어 주었다.

"벌써 동이 트려는구나. 오늘은 여기서 자고 가자."

엄마 말대로 곧 해가 뜨면 미친 군인들이 총알을 마구 휘갈겨 댈 것이다. 맥도 배가 고픈지 자꾸 울었다.

조심조심 빈집을 찾아 들어갔다. 폭격으로 무너져 내린 집이었지만 밖에서 자는 것보다 나았다. 가져온 옷가지와 얇은 담요를 깔고 몸을 뉘였다. 폭격으로 뻥 뚫린 지붕으로 찬바람이 숭숭 들어왔다. 전쟁이 터진 걸 모르는 양 별들은 미친 듯이 아름다웠다. 배신감이 들었다. 우리는 서로의 온기로 몸을 데웠다. 엄마와 남동생은 이내 코를 골았다. 뒤척이던 애나도 잠들었다. 그런 애나를 지켜보다가 까무룩 잠이 들었다.

냐아옹 냐아옹, 맥 울음소리에 눈을 뜨니 밖이 훤했다. 엄마와 남동생은 여전히 잠들어 있었다. 애나가 눈을 비비며 일어나려는 걸 더 자라고 다독이고는 밖으로 나갔다. 바싹 마른 몸을 서로 비비는 장미나무가 듬성듬성 서 있었다. 그 틈으로 언뜻언뜻 파란 호수가 보였다. 냐아옹, 쥐 사냥을 한 맥이 내 발 밑에다 생쥐를 내려놓고는 잔뜩 거드름을 피웠다. 놀란 생쥐가 도망을 치자 맥이 앞발을 휘둘러 생쥐를 낚아챘다. 맥이라도 활기차니 우울했던 기분이 조금 나아졌다.

"무슬림 여자다!"

나는 그대로 얼어 버렸다.

체트니크였다. 당장이라도 총구에서 총알이 튀어나올 것 같았다. 캬아옹 캬아옹, 맥이 털을 곧추세우며 갸릉거렸다. 맥의 성난 소리에 애나가 밖으로 뛰어 나왔다. 탕, 붉은 피가 퍼퍼퍽 튀었다. 으아악, 애나가 비명을 지르며 맥에게 달려갔다. 체트니크는 나와 애나 앞을 가로 막았다.

"또 없는지 샅샅이 뒤져라."

집 안으로 들어간 체트니크가 엄마를 끌고 나왔다. 엄마 이마에서 피가 줄줄 흘러내렸다. 남동생은 눈치를 채고 도망친 모양이었다.

"무슬림 여자들은 12시까지 학교로 모이라는 명령을 내렸는데, 너희는 왜 여기 있지?"

"살려 주세요. 저희는 모스타르를 떠나 새벽에야 여기에 도착했습니다. 그래서 아무것도 모릅니다. 제발 살려 주세요."

"너희 셋이서?"

“네. 두 딸과 함께 폭격을 피해 여기까지 왔습니다.”

엄마가 무릎을 꿇고 앉아 두 손을 빌며 울부짖었다. 나와 애나도 살려 달라고 빌었다.

“살려 줄 테니 순순히 따라오시지.”

체트니크들이 총구로 우리 등을 떠밀었다. 맥을 묻어 주고 가도록 부탁했지만 체트니크들은 들어주지 않았다. 우리를 태운 트럭이 뿌연 먼지를 일으키며 달렸다.

우리가 도착한 학교 강당에는 100여 명의 여자들이 모여 있었다. 두려움과 슬픔 가득한 눈동자가 우리를 향했다가 이내 두 무릎 사이에다 머리를 묻었다. 임신한 여자들도 있었다. 우리는 그들 옆으로 가 앉았다. 피를 많이 흘린 엄마가 그대로 쓰러졌다. 애나와 나는 엄마의 팔과 다리를 주물렀다.

“엄마가 많이 다쳤지만 살아남아 다행이다. 우리 가족은 모두 죽고, 나만 혼자 남았어.”

우리를 물끄러미 바라보던 여자가 말했다. 여자는 여기가 무슬림 여자들만 모여 있는 수용소라고 알려 주면서 지옥이라는 말을 서슴지 않았다. 곧 지옥의 실체를 보게 될 거라며 초점 잃은 눈동자를 바닥으로 떨구었다. 여자의 입에서 빠져나온 한숨에 차가운 절망이 따라 나왔다. 절망. 너무 무서운 말이었다. 그나마 다행인 건 엄마가 간신히 정신을 차렸다는 거였다. 남동생 걱정으로 흐느끼는 엄마는 제정신이 아니었다. 그건 나도 마찬가지였다. 남동생 혼자 낯선 곳에서 얼마나 떨고 있을까 생각하니 내 몸이 갈가리 찢기는 기분이었다.

드르륵, 앞문이 열리더니 무장한 체트니크들이 강당으로 들어섰다. 금발에 장대처럼 키가 큰 대장 체트니크가 뒤따라 들어왔다.

“무슬림 남자들을 데려 와라!”

명령이 떨어지자 두 팔이 뒤로 묶인 무슬림 남자들이 줄줄이 들어왔다. 그들도 우리처럼 몹시 불안해 보였다. 나보다 어린 아이에서부터 할아버지까지 50여 명 되었다.

“드라간?”

엄마가 남동생을 부르며 뛰쳐나갔다. 윗옷이 찢긴 남동생이 겁에 질린 얼굴로 들어오다 우릴 보고 울음을 터뜨렸다. 나도 엄마를 따라 남동생에게 가려는데 여자가 내 몸을 끌어안았다. 두려움에 질린 남동생이 엄마를 부르며 울부짖었다.

“제 아들을 살려 주세요. 제발 부탁입니다.”

엄마가 대장 체트니크의 바짓가랑이를 붙잡고 애원했다.

“저리가! 더러운 무슬림.”

“제발 부탁입니다. 제 아들을 살려 주세요.”

“본때를 보여 줘야겠군. 저놈을 데려와라.”

대장 체트니크가 부하에게 명령을 내리자 부하가 남동생을 앞으로 끌고 나왔다.

“너희가 믿는 알라가 그렇게 위대한가? 위대하다면 너흴 구해 달라고 빌어 보시지. 어서 빌어 봐."

대장 체트니크가 실실 웃으며 빈정거렸다.

"제발, 살려 주십시오. 은혜를 베풀어 주십시오."

엄마는 손바닥이 닳도록 빌고 빌었다. 대장 체트니크가 남동생을 향해 총부리를 겨누었다. 바로 그 순간 여자가 내 눈과 귀를 막았다. 탕, 총소리가 요란했고 엄마의 비명소리가 강당을 뒤흔들었다. 피를 흘리며 쓰러진 남동생을 안은 엄마가 울부짖었다. 다시 총성이 울렸고 엄마 울음소리는 들리지 않았다. 나는 그대로 쓰러지고 말았다.

얼마의 시간이 지났을까? 애나가 내 손을 주무르고 있는 게 느껴졌다. 나는 눈을 감은 채 그대로 누워 있었다. 엄마와 남동생 얼굴이 자꾸 어른거려 못 견디게 괴로웠다. 내 심장을 날카로운 쇠꼬챙이로 후벼 파는 것 같아 어깨에 손톱이 박히도록 가슴을 움켜잡았다.

"잘 들어라. 너희 목숨은 알라에게 있는 게 아니라 내 손안에 있다. 알라를 버리면 목숨을 살려 주겠다. 알라를 버릴 텐가? 알라를 버릴 사람은 여기로 나와라!"

대장 체트니크가 빈정거렸다.

"밀라, 우리 나가자."

애나가 울먹이며 애원했다.

"난 알라신을 버릴 수 없어."

"진짜 버리는 게 아니라, 버리겠다고 말만 하면 되잖아."

"신을 두고 거짓 맹세를 할 수 없어."

나는 고집을 부렸고 다른 여자들도 마찬가지였다. 나는 이대로 죽고 싶었다. 우리 가족이 있는 곳으로 가고 싶었다.

"좋다. 너희들이 원하는 대로 해 주겠다. 우리의 목표는 이 세상에서 무슬림의 씨를 말리는 거다. 무슬림의 씨를 말리자!"

"무슬림의 씨를 말리자!"

체트니크들이 소리쳤다. 와아아아! 체트니크가 내지르는 소리가 강당을 뒤흔들었다.

"그 누구도 인간을 함부로 짓밟을 수 없소!"

할아버지의 쩌렁쩌렁한 고함에 나는 눈을 번쩍 떴다. 하얀 수염이 가슴까지 내려온 할아버지가 대장 체트니크를 노려보며 말했다. 할아버지의 손을 움켜 쥔 채 바들바들 떨고 있는 사내아이는 당장이라도 울음을 터트릴 것 같았다.

"사람의 생명을 어찌 이토록 잔인하게 다루는 거요! 당신들이 믿는 하느님도 생명을 소중히 여기라 하셨잖소."

"그 입을 잘도 놀리는군."

탕, 할아버지가 쓰러졌다.

"용서하지 않을 거야."

아이가 소리쳤다.

"애야, 넌 몇 살이니? 참 귀엽게 생겼구나."

"용서하지 않을 거야. 용서하지 않을 거라고!"

"얘야, 전쟁은 너 따위 꼬마에게 허락받고 하는 소꿉놀이가 아니란다. 물론 난 너에게 용서받을 짓을 한 적도 없지만 말이다."

"사람을 죽였잖아."

"죽인 게 아니라 정리를 한 거란다. 적자생존. 내가 너희 무슬림을 어떻게 말끔히 정리하는지 보여 주마."

대장 체트니크는 자비로운 웃음으로 아이의 머리를 쓰다듬었다. 행동 하나하나가 몸에 밴 습성 같았다. 내 몸에 송충이가 기어가는 듯 소름이 쫙 끼쳤다.

"자, 무슬림 남자들은 모두 죽이고, 무슬림 여자들에게는 체트니크의 씨를 갖도록 한다."

명령이 떨어지자 체트니크들이 남자들을 향해 총을 겨누었다. 탕. 탕. 탕. 그러고는 여자들을 향해 달려들었다. 비명과 울음소리, 욕지거리와 때리는 소리로 강당은 아수라장이 되었다. 여기는 지옥이었다.

애나는 체트니크의 아기를 가졌다. 입덧이 심해 음식을 잘 먹지 못하기도 했지만 먹으려 하지 않았다. 배가 점점 불러 올수록 애나의 팔다리는 홀쭉해졌다. 빵 한 조각, 물 한 모금을 삼켜도 모두 토해 냈다.

"밀라, 우리 집 마당에 있는 석류가 먹고 싶어."

애나가 아기를 가진 뒤 처음으로 먹고 싶은 게 석류였다. 다시 절망이었다. 애나는 배가 아픈지 두 손으로 배를 움켜잡았다. 어서 석류를 내 놓으라는 듯 쿨렁 쿨렁 애나의 배가 움직였다.

"밀라, 난 이제 케난에게 돌아갈 수 없어. 어떻게 이런 몸으로 케난에게 돌아가겠니."

"너 때문이 아니잖아."

"나 때문이 아니어도, 내 몸에는 악마의 씨가 자라고 있어. 케난이 모르는 곳으로 아주 멀리 떠나야 해."

애나는 배 속 아기 때문에 몹시 괴로워했다. 아기는 보란 듯이 건강히 잘 살고 있다는 듯 발길질을 해 대었다.

그러던 어느 날 옆에 있던 여자가 배를 움켜잡고 비명을 내질렀다. 체트니크가 와서 여자를 데리고 나갔다. 아기를 낳으려는 것 같았다. 나는 애나 배에다 손을 얹고 속삭였다. '아기야, 넌 애나를 아프게 하지 말고 나오렴.' 내 말을 알아들었는지 애나의 오른쪽 배가 불룩 튀어나왔다. 아기가 손을 쑥 내미는 것 같았다.

저녁 무렵에 여자는 아기 없이 혼자 돌아왔다. 영혼이 몽땅 빠져나간 표정이었다. 그러고는 그대로 쓰러져 잠을 잤다. 다음 날도 그다음 날도 깨어나지 않았다. 여자의 아기가 어떻게 되었는지 아무도 말해 주지 않았다. 누군가는 아기를 데려왔고, 누군가는 아기 없이 혼자 왔다. 그녀들 역시 아기를 데려오지 않은 이유를 말해 주지 않았다. 이틀 뒤 애나가 배를 움켜잡고 소리를 지르지 않았다면 여자는 영원히 잠들었을지도 모른다. 간신히 눈을 뜬 여자가 애나를 다독였지만 애나는 온몸을 떨며 두려워했다. 애나도 아기를 낳을 때가 된 거였다.

나는 애나를 따라 나섰다. 강당을 나와 복도를 지나는데 교실마다 아기를 낳느라 내지르는 비명과 아기들의 울음소리가 뒤섞여 음울했다. 이 아기들은 무슨 이유로 세상에서 가장 끔찍한 곳에서 태어난 걸까? 죄가 커서? 나는 고개를 저었다. 나와 애나와 여자가 죄를 지었기 때문이 아니라 전쟁 때문이었다. 신이 있다면 전쟁이 일어나게 둬선 안 된다. 애나는 침대가 놓여 있는 교실로 들어갔다. 침대에 누운 애나는 바락바락 악을 써 댔다. 엄마가 남동생을 낳을 때 얼마나 아팠으면 고래고래 소리를 지르며 옆에 있던 아빠의 머리카락을 움켜쥐었다던 기억이 났다. 아마도 아빠의 대머리는 남동생을 낳을 때 뽑혀 나간 머리카락 때문일 거라던 엄마 말이 문득 떠올랐다.

“애나, 제발 힘을 내. 나를 위해서라도 살아 줘. 제발.”

나는 이 말을 하고 싶지 않았지만 해야 했다. 애나와 아기가 죽을 것 같았다. 나는 아기에게도 무사히 태어나 달라고 부탁했다. 드디어 애나가 이를 악문 채 힘을 줬다. 그 순간 아기 울음소리가 요란했다.

“계집애로군. 계집애를 무슬림 여자의 배 위에 올려놓아라.”

체트니크 명령에 아기를 받은 여자가 애나 배 위에 핏덩이를 올려놓았다. 눈도 뜨지 못한 시뻘건 핏덩이는 너무 낯선 세상이 두려워 얼굴을 찡그리며 울었다. 엄마의 양수를 떠난 아기는 너무나도 연약하고 나약한 존재였다.

"애나, 네가 엄마가 됐어."

애나의 눈꼬리를 타고 눈물이 흘러내렸다. 어서 젖을 달라는 건지, 엄마 품이 그리운 건지 아기가 자지러지게 울어 댔다. 애나는 아기를 본체만체했다.

"애나, 아기가 울잖아."

"…."

"애나, 어서 안아 줘. 넌 엄마잖아."

나는 애나의 배 위에서 발버둥치는 가련한 존재가 너무 안타까웠다.

"그래 딱 한 번만, 딱 한 번만 안아 줄 거야. 10개월을 너와 난 한 몸이었잖니. 딱 한 번만이야."

애나가 우는 아기를 안았다. 아기는 기다렸다는 듯 울음을 멈추고는 배가 고픈지 작디작은 입술을 오물오물거렸다.

"아기야, 네 이름은 나타샤란다. 케난과 결혼해 여자아이를 낳으면 나타샤라고 부르기로 했거든. 나타샤, 오 나의 나타샤야, 우린 이렇게 만나게 되었구나."

그렇게 애나는 엄마가 되었다.

체트니크의 딸

"지어낸 거죠?"

"사실이야. 내가 직접 겪은 일이거든."

아줌마가 온 몸의 기운을 모두 써 버린 듯 고개를 떨구었다. 화가 났다.

'서로 다른 신을 믿지만 같은 사람이잖아.'

무슬림 씨를 말리기 위해 무슬림 여자들에게 체트니크 아기를 갖게 했다는 건 알고 있었지만, 당사자에게 직접 들으니 화가 치밀어 올랐다.

학교로 강의하러 온 군인들은 총과 대포가 얼마나 많은 적을 사살했는지를 입에 거품을 물고 떠들었다. 무기 성능이 전쟁을 판가름한다는 내용이었다. 평화를 지키기 위해 강력한 무기가 있어야 한다고 열변을 토했다. 한 방에 20명, 40명씩을 죽이고, 100여

명이 넘는 사람들을 다치게 하는 성능 좋은 무기가 있어야 평화를 가져올 수 있다고 했다. 포탄이 떨어진 곳에 사람이 살고 있다는 것에는 관심이 없었다. 그건 텔레비전이나 책에서도 마찬가지였다.

빌어먹을. 그런데… 우연일 거야. 나타샤라는 이름도 하늘의 별만큼 바닷가 모래알처럼 많고, 금발 애나도 흔해. 나는 긴 숨을 들이켜고 내쉬었다. 그런데 밀라 아줌마 이야기대로라면 엄마가 고양이를 싫어하는 것도 아빠를 증오하는 이유까지 소름끼치도록 맞아떨어졌다. 내가 체트니크의 딸이라고? 나는 고개를 힘껏 저었다. 이런 일은 일어날 수 없어. 아닐 거야. 금발 아저씨가 체트니크? 고개를 저었다. 혹시, 수상한 남자? 나는 자리에서 벌떡 일어섰다. 지금 당장 사라예보로 돌아가야 했다. 한 발짝 떼는데 머리가 무겁고 핑그르르 돌았다. 어지러워 몸을 비틀거렸다.

"얘, 왜 그래? 어디 아파?"

나를 따라 일어서던 밀라 아줌마가 내 이마에 손을 갖다 댔다.

"얘, 이마가 불덩이야. 괜찮니?"

"애나는 아기를 어떻게 했어요?"

"아기? 무슨 아기?"

밀라 아줌마가 까르르 웃었다. 아줌마는 어느새 시간의 수레바퀴에서 빠져나와 버렸다.

"난 애나를 만나러 갈 거야. 너 정말 괜찮니?"

"괜찮아요."

"내가 애나를 만나면 아기에 대해 물어볼게."

밀라 아줌마가 손을 흔들며 마당을 뛰어나갔다. 밀라 아줌마가 다시 시간의 수레바퀴에 올라탄다면 애나는 아기를 계속 키웠는지, 애나와는 왜 헤어졌는지 물어볼 게 많았다. 아줌마 말대로 이마뿐만 아니라 온몸이 뜨거웠다.

할머니 집에 도착하자 몸이 덜덜덜 떨렸다. 쪼르르 달려와 안긴 로타가 화다닥 달아났다. 불에 덴 듯 로타 눈이 동그랬다. 할머니는 아기의 머릿결을 완성했는지 이제 오동통한 볼을 칠하고 있었다.

"할머니, 이 아기는 아빠를 닮았나 봐요?"

"왜 그렇게 생각하니?"

"엄마 머리카락이 검붉은데 아기는 금발이잖아요."

"누굴 닮은 게 뭐가 중요하니. 지금 곁에 있는 사람이 중요한 거지."

늘 내 곁에 있는 사람은 엄마였다. 할머니는 여전히 붓질을 하며 대답했다.

"배고프지 않니? 뭐라도 좀 먹자."

할머니가 화제를 돌리려는 듯 부엌으로 종종걸음을 쳤다. 할머니가 식사를 준비하는 동안 샤워를 했다. 몸에서 지독한 땀 냄새가 났다. 화장실로 가 샤워기를 틀었다. 물줄기가 머리에서 어깨로 팔과 다리로 쏟아졌다. 수건에 비누를 묻혀 온몸을 빡빡 문질렀다. 손톱 밑이며 발톱 밑까지 꼼꼼히 닦았다. 몸속까지 닦아 낼 수 있다면 밤을 새워서라도 말끔히 씻어 내고 싶었다. 그런데 내가 왜 이러는지 이유를 모르겠다. 뿌옇게 낀 습기를 닦아 내고 거울을 봤다. 볼이 빨갛게 상기된 여자아이가 심통 난 얼굴로 나를 노려보았다. 그 여자아이는 울음을 참으려는 듯 아랫입술을 꼭 깨물었다. 너 왜 그래? 어이가 없네, 화난 거니? 도대체 왜 화내는 건데? 거울 속 아이가 물었지만 난 대답할 말을 찾지 못했다.

"나타샤야, 다 씻었으면 나오너라. 준비 다 됐다."

할머니가 불러 줘서 다행이었다. 거울 속 아이와 눈싸움을 계속하고 싶지 않았다. 화장실을 나오자 구수한 초르바 냄새에 텅 빈 배가 어서 달라고 난리법석을 떨었다. 할머니가 준비한 새콤한 레모네이드가 발끝까지 퍼져 나갔다.

"할머니, 저 조금만 누워 있다가 집에 돌아가려고요."

"오늘? 번지점프는?"

"다음에 와서 할게요. 급한 일이 생겼어요."

"오냐. 어서 먹자."

할머니가 숟가락을 내 손에 쥐여 주었다. 초르바를 먹는데 몸이 축축 처졌다. 나는 기차 시간에 맞춰 깨워 달라고 부탁하고는 방으로 들어왔다. 철퍼덕 침대에 누웠다. 속이 울렁거렸다.

'엄마는 웃을 때 선홍빛 잇몸을 훤히 드러내고 웃어. 엄마는 자다가 코도 골고 잠꼬대도 심하게 해. 엄마는 '나타샤는 누구 딸?' 하고 자주 물어봐. 내가 '엄마 딸'하고 대답해 주는 걸 좋아해. '엄마 이름이 뭐야?'하고 물어봐. 그러면 내가 '애나'하고 대답하면 세상을 다 얻은 듯 뿌듯해했어. 엄마는 '나타샤 지금 행복하니?' 하고 자주 물어봐. 내가 '행복해'라고 대답하면 엄마도 행복해했어. 엄마는 노래 부르는 것도 노래 듣는 것도 좋아하지만 춤은 아주 못 춰. 엄마는 내가 시험 보는 날이면 달콤한 초콜릿을 사 주며 '알라신이 너와 함께 할 거니 아무 걱정하지 마' 하고 활짝 웃으며 말해 줬어. 엄마는 내가 싫다고 해도 내 침대에서 같이 자는 걸 좋아했어. 엄마는 늦은 밤 혼자 울었어. 엄마는….'

눈을 뜨면 머리가 빙빙 도는 건지, 천정이 도는 건지 방안의 모든 것이 돌았다. 몸이 너무 뜨겁고 바싹 마른 입술이 사막처럼 거칠었다. 목이 타들어 갔다. 내 전생이 모래사막을 기어가는 도마뱀이 아니었을까 생각하다 다시 까무러치듯 잠이 들었다.

기차 안에는 사람이 너무 많다. 엄마가 무거운 배낭을 나에게 맡긴다. 앞 칸으로 가 빈자리를 알아보고 오겠다며 사람들을 헤집고 앞으로 나아간다. 기차는 쉼 없이 내달린다. 의자에 앉은 사람들과 서서 가는 사람들 모두 즐겁게 수다를 떨고 있다. 꼬마들은 휙휙 지나가는 바깥 풍경을 구경하며 까르르 웃는다.

'엄마는 왜 이렇게 안 오는 거야.'

엄마를 기다리는 나만 초조하다. 벌써 앞 칸에 도착하고도 남을 시간인데 엄마는 오지 않는다. 자칫 잘못했다가 길이 엇갈릴 수 있어 꼼짝하지 않는다. 엄마가 간 쪽으로 눈이 간다. 불안하다. 울고 싶다. 혹시 엄마가 나를 잊어버리고 기차에서 내린 건 아닐까. 기차가 설 때마다 밖을 살핀다. 엄마는 보이지 않는다.

'우리 집과 점점 멀어지는데….'

기차가 달릴수록 집과 멀어진다는 생각에 더 초조해진다. 안 되겠다. 발치에 내려놓은 배낭을 둘러메고, 엄마 배낭을 껴안는다. 더 멀어지기 전에 내려야 할 것 같다. 더 이상 집과 멀어지면 찾아오지 못할 것 같아 불안하다.

기차가 스르륵 멈추더니 문이 열린다. 나는 잽싸게 내린다. 어! 엄마다. 엄마가 내가 타고 있던 객차로 걸어오고 있다.

"엄마!"

큰소리로 부르지만 내 목소리를 듣지 못한 엄마가 주위만 두리번거린다. 다시 기차를 타려했지만 늦어 버렸다. 스르륵 문이 닫히더니 기차가 움직인다. 철로에 고인 물방울이 튕긴다.

이마가 차가웠다. 겨우 눈을 떠 보니 할머니가 물수건을 이마에 올려놓고는 젖은 수건으로 얼굴이며 몸을 닦아 주었다. 살짝 벌어진 입술 사이로 미지근한 물을 넣어 주었다. 할머니를 부르려 해도 입술은 달싹이지 않았고, 할머니를 잡으려 해도 내 손목을 붙잡은 무언가가 놓아 주지 않았다.

“나타샤, 많이 아프지. 암 아프고말고. 내가 다 안다. 다 알아.”

할머니 얘기에 목울대가 뻐근했다.

“나도 아팠다. 죽을 만큼 아팠지. 지금도 아프고….”

할머니가 울었다.

“다정했던 이웃이 나에게 총을 겨누더니 더러운 무슬림은 죽여야 한다면서 남편과 큰딸과 아들을 죽였어…. 내 눈앞에서 말이야….”

흐느끼는 할머니의 손을 잡아 주고 싶었지만 여전히 내 손목을 붙잡은 무거운 손이 나를 놓아 주지 않았다. 가위 눌림에서 벗어나려고 힘을 줘 보지만 더 강력한 힘이 내 가슴까지 짓눌렀다.

“나도 죽고 싶었어. 전쟁 중에는 사는 것보다 죽는 게 나았으니까. 네 엄마도 그랬을 게다. 아마도…. ”

할머니의 ‘아마도’는 지금도 엄마가 죽고 싶어 한다는 말처럼 들렸다. 엄마가 없는 세상은 생각만으로 끔찍했다.

“나타샤야, 네 엄마는 네가 체트니크의 자식이란 걸 아는 게 전쟁보다 더 무섭다더구나.”

할머니가 신음 같은 한숨을 내쉬었다. 엄마가 나에게 하지 못한 얘기를 이리나 할머니에게 다 털어놓은 거다. 내가 체트니크의 딸이었구나… 내가. 막다른 골목에 내몰려 고양이를 물려고 덤벼들던 쥐처럼 칸의 분노에 찬 눈빛이 떠올랐다. 눈꼬리를 타고 흘러내리던 눈물이 귓속으로 들어갔다. 로타의 혀가 눈물을 핥았다. 그 순간 혀가 풀리고 몸이 움직였다.

"할…머니…."

"오, 나타샤야, 이제 정신이 든 거니?"

"할머니, 저 목말라요."

"오, 그래."

할머니가 건네는 물을 벌컥벌컥 들이켰다. 할머니는 녹두를 넣은 초르바를 만들어야겠다며 부리나케 방을 나갔다. 나는 다시 깊은 잠 속으로 빠져들었다.

장미와 탱고와 목도리도마뱀

꼬박 이틀을 더 잤다. 잠을 자는 동안 나는 시간의 수레바퀴에서 벗어났다. 나는 마치 밀라 아줌마처럼 살고 싶어 잠시 겨울잠을 잤다. 아침으로 녹두 초르바를 먹었다. 입이 까슬까슬했지만 할머니가 걱정할까 봐 한 그릇을 비웠다. 식탁에 놓인 입이 쩍 벌어진 석류를 보자 침이 돌았지만 눈길을 돌렸다. 서둘러 짐을 챙겼다. 할머니는 몸이 좀 더 회복되면 가라고 했지만 내 정체를 들킨 이상 잠시라도 머물고 싶지 않았다. 혼자 가고 싶었지만 기차역까지 배웅 오겠다는 할머니 얘기를 거역할 수 없었다.

밖으로 나오자 더위가 훅 몰아쳐 숨이 턱 막혔다. 로타가 덥다고 울어 젖은 손수건을 덮어 주었다. 할머니와 나는 기차역을 향해 천천히 걸었다.

'로타다.'

보스니아 최고의 체바피 가게가 내 눈앞에 나타났지만 다음으로 미뤘다. 엄마와 같이 올 명분을 만들고 싶었다. 고개를 돌리자 박격포에 맞아 무너져 내린 건물과 구멍이 숭숭 뚫린 집이 더위에 녹아내릴 것 같았다. 이게 도시 속 전쟁의 흔적이라면 엄마에게 전쟁의 흉터는 나였다. 애써 밝은 표정을 지었지만 티가 났나 보다. 이리나 할머니가 아이스크림을 사왔다. 할머니는 딸기 맛, 나는 초콜릿 맛 아이스크림을 먹으며 기차역으로 갔다.

"고마웠어요, 할머니."

"나도 고맙구나. 번지점프는 못했지만 모스타르에 온 일이 너에게는 번지점프였을 게다. 널 만난 건 내 번지점프였고."

"할머니도 번지점프를 해요?"

"하고말고. 이 나이까지 한 백 번쯤 했을 거야. 그러면서 좀 더 그럴싸한 인간이 되어 가는 것 같구나."

나도 그럴싸한 인간이 될 수 있을까.

"할머니, 로타를 맡아 주셔요."

할머니는 흔쾌히 로타를 맡아 주었다. 빠아앙, 기차가 곧 출발할 테니 어서 타라고 재촉했다. 나는 로타의 머리를 쓰다듬고는 마지막 인사를 했다. 로타가 냐아옹 하며 울었다. 눈물이 나올 것 같아 서둘러 기차에 올랐다.

"나타샤야, 잘 가거라."

할머니가 손을 흔들었다. 나도 손을 흔들었다. 로타가 나에게 온 것도, 그 로타 때문에 집을 나온 것도, 알리오사와 할머니를 만난 것도, 엄마가 내 엄마인 것도 운명처럼 정해진 것 같았다. 사라가 보고 싶고, 사비나 이모도 보고 싶고, 알리오사와 아리안까지 보고 싶었지만 내 머리는 아무도 모르는 곳으로 숨어 버리라고 채근했다. 체트니크의 딸이라는 꼬리표를 달고 학교로 돌아갈 용기가 없었다.

덜컹, 기차가 움직였다. 엄마를 만나면 무슨 말부터 꺼내야 할지를 생각하니 눈물이 나왔다. 집으로 돌아가면서 이런 걸 생각하는 내 처지가 서글펐다. 현재의 나는 과거에 다녀왔다. 과거에서 끝난 줄 알았던 시간은 현재로 이어져 있었다. 아마도 미래로도 이어질 것이다. 전생이 사하라사막을 기어 다닌 코브라였을 영매자의 말이 떠올랐다.

'억겁의 시간을 지나 지금의 네가 된 거다. 지금은 너로 사는 시간이란 걸 명심해.'

억겁의 시간을 헤치고 달려온 보람도 없이 체트니크의 딸이라니. 인도의 여왕이었을 때 나는 히틀러보다 더 잔혹했을까? 그래도 너무 가혹한 형벌이다.

성난 코뿔소처럼 달리던 기차가 속력을 늦추더니 작고 낡은 플랫폼에 닿았다. 무심코 바라본 창밖 언덕은 붉은 장미꽃으로 뒤덮여 있었다. 사라예보에서 모스타르로 올 때는 보지 못했던 풍경이었다. 어쩌면 밀라 아줌마가 들려주던 이야기 속 장미가 있던 집인지 모르겠다. 배낭을 메고 후다닥 기차에서 뛰어내렸다. 플랫폼을 빠져나가는 사람은 나밖에 없었다. 이글이글 잘 달궈진 철로 위를 기차가 쏜살같이 달려가 버렸다. 마음이 놓였다. 되도록 사라예보와 모스타르와는 멀리 멀리 가고 싶었다. 아무도 나를 모르는 곳이면 어디든 좋았다.

기차역을 나와 붉은 장미가 핀 언덕을 향해 걸었다. 태양처럼 붉은 장미가 어서 오라고 손짓하는 것 같았다. 내 발은 씩씩했다. 붉은 장미 언덕이 가까워지자 달콤한 향기가 났고, 코앞까지 당도하자 핑그르르 어지러웠다. 목을 축이며 주위를 둘러보니 사람 한 명이 지날 수 있는 작은 오솔길이 나 있었다. 신발과 양말을 벗었다. 보드라운 흙 속에 섞인 알갱이가 발가락을 간질였다. 구불구불한 붉은 장미 언덕은 꽤 길었다. 걷다보니 머리가 텅 빈 들판처럼 가벼웠다. 걷고 걷고 걷고. 다리가 저리고 발가락이 아파올 때 쯤 붉은 장미 언덕을 벗어났다. 눈앞에 커다란 호수가 나타났다. 어찌나 큰지 바다처럼 넓어 호수 너머에 마을이 있는지조차 가늠되지 않았다. 호수를 한 바퀴 돌고 싶었다. 내 몸은 걷기를 멈추지 말라고 신호를 보냈다. 오른쪽으로 돌까 왼쪽으로 갈까를 선택하려니 골치가 아팠다. 마침 호수 위를 날던 하얀 새 한 마리가 포르르 날아올랐다. 나는 오른쪽으로 한 발을 내딛었다. 바람 한 점 없는 호수는 잠자듯 고요했다. 갑자기 졸음이 쏟아졌다. 도움을 청할 집은 없는데 눈꺼풀이 무겁고 온몸이 물기를 빨아들인 스펀지처럼 축축 늘어졌다. 그 자리에 쓰러지듯 눕자마자 잠이 들었다.

꿈을 꾸지 않고 아주 깊은 잠을 잤다. 호수로 들어가 얼굴과 팔다리를 씻었다. 몸이 한결 가뿐했다. 다시 배낭을 메고 걸었다. 집 한 채가 보일 때쯤 배가 몹시 고팠다. 컹컹, 개 한 마리가 마중을 나왔다. 빨간 지붕 집은 장난감 상자처럼 작았다. 그 앞에 허리가 잔뜩 굽은 할머니와 고양이 한 마리가 나를 기다리고 있었다.

"103년을 사는 동안 한 번도 못 본 아이구나?

"배가 고파서 왔어요."

"구워 놓은 빵이 있는데 같이 먹자."

할머니를 따라 집 안으로 들어가기 위해 허리를 잔뜩 숙여야 했다. 내 방 크기만 한 집 안은 뾰족 지붕이라 그나마 서 있을 수는 있었지만 머리가 천장에 닿아 고개를 숙여야 했다. 마치 난쟁이 나라에 온 것 같았다. 식탁 위에는 빵과 식은 초르바가 놓여 있었다. 할머니는 어서 먹으라며 초르바를 뜬 숟가락을 입으로 가져갔다. 나는 허겁지겁 빵을 먹었다. 배고플 때 먹어서 그런지 엄청 맛있었다. 할머니는 빵 한 조각을 베어 먹더니 꾸벅꾸벅 졸았다. 빵 먹다 조는 할머니는 처음 봤다. 103세가 되면 빵 먹다가도 졸 수 있다는 사실에 웃음이 나왔다. 할머니 옆에 있던 늙은 개와 늙은 고양이들도 덩달아 잠을 잤다.

"할머니, 침대에서 주무세요."

"그래야겠어. 천천히 먹고 가."

할머니가 느릿느릿 걸어 침대로 가더니 누웠다. 이내 코를 골았다. 개와 고양이도 자신들의 보금자리가 있는 침대 밑으로 가 몸을 뉘였다. 할머니가 잠든 낡고 오래된 침대 옆에는 옷장이 있고, 창가에는 낡은 책상과 의자가 있었는데 신기하게도 망원경이 놓여 있었다. 낡고 오래된 집에 어울리지 않는 물건이었다. 그 옆에는 벽난로가 있고, 오래된 식탁과 두 개의 의자와 냄비와 그릇이 이 집의 전부였다.

나는 할머니가 먹다 남긴 접시와 그릇까지 씻었다. 할머니에게 고맙다는 인사를 하고 가려고 기다렸다. 곤히 자는 할머니가 깨기를 바라며 창가로 갔다. 책상 위에는 가장자리가 너덜너덜한 공책이 펼쳐져 있었다. 훔쳐보려는 게 아니라 정말 나도 모르게 눈길이 가고 말았다. 별이 그려져 있었다. 모양도 색깔도 다른 별들이 공책에서 빛나고 있었다. 나는 망원경에 눈을 갖다 대고 하늘을 봤다. 팔을 뻗으면 몽실몽실한 구름이 잡힐 듯했다. 망원경을 내려 호수를 살폈다. 뭐지? 물 위를 달리는 목도리도마뱀도 아니고. 누군가 물 위를 달리다 물속으로 쑥 빠졌다. 망원경 없이 그냥 보니 보이지 않았다. 망원경으로 다시 보니 달리다 빠지는 일을 반복했다. 참 이상한 사람도 다 있다는 생각이 들었다. 할머니는 한밤중처럼 잠을 잤다. 고맙다는 글을 써 놓고 집을 나섰다. 물 위를 달리는 사람을 만나기 위해 걸었다. 배가 든든해 발걸음이 재발라졌지만 얼마 못 가 느려졌다. 그냥 달팽이처럼 천천히 걸었다. 내 마음은 이미 이 마을에서 하룻밤 자고 가기로 결정했다.

망원경에서 본 마을은 아주 멀었다. 정수리를 비껴 있던 해가 수평선 끝에 걸려 있었다. 호수 위에 노을이 물들었다. 그 아래 집들이 옹기종기 모여 있었다. 어느새 어둠은 알록달록한 지붕 위로 사분사분 내려앉았다. 파랑, 초록, 노랑, 빨강, 보라색 지붕을 한 집 다섯 채가 호숫가에 나란히 서 있었다.

파랑 지붕 집은 할머니네만큼 작았는데 열린 창가에 파란 새 한 마리가 앉아 노래를 불렀다. 내가 잘 침대가 없을 것 같아 지나쳤다. 초록 지붕 집은 파랑 지붕 집보다 한 뼘 정도 더 컸고 창가에는 초록 도마뱀이 긴 혀를 날름거렸지만 내가 잘 침대는 없을 것 같았다. 노랑 지붕 집은 초록 지붕 집보다 배가 컸고 창가에는 주먹만 한 노란 피망이 주렁주렁 매달려 있었다. 빨강 지붕 집 창가에는 붉은 장미가 활짝 피었다. 바로 옆집인 보라 지붕 집 창가에는 아무것도 없었다. 왜 없지? 그게 이상해서 창가로 다가가니 탱고가 흘러나왔다. 노래 제목이 기억나지 않았지만 귀에 익은 탱고였다. 나는 보라 지붕 집을 선택했다.

톡톡, 노크를 하자 보라색 드레스를 입고 보라색 하이힐을 신고 보라색 머리카락을 허리까지 늘어뜨린 여자가 문을 열어 주었다.

"잘 왔다. 마침 파트너가 필요했는데 나랑 춤추지 않을래?"

"탱고는 한 번도 안 춰 봤어요."

"넌 너무 심각하게 살았구나. 탱고가 얼마나 즐거운데."

아줌마라 부르면 화낼 것 같고 아가씨라 하기에는 너무 늙은 여자가 내 왼팔을 끌어 자기의 어깨에 올리고 오른팔을 허리로 가져갔다.

"발을 밟을지도 몰라서요."

"상관없다. 스텝이 꼬여도 괜찮아. 탱고는 인생만큼 복잡하지 않거든. 이건 내가 한 말이 아니라 영화에 나온 말이지."

여자가 음악을 틀었다. 음악에 맞춰 스텝을 밟았다. 시작하자마자 여자의 발등을 세게 밟아 너무 미안했다. 여자는 아무렇지도 않게 맞잡은 오른손을 높이 들어올렸다. 나는 빙그르 두 바퀴 돌았지만 다시 발등을 밟았다. 음악은 계속 흘러나왔고 나와 여자는 쉬지 않고 탱고를 췄다. 차츰차츰 탱고가 몸에 익었다.

"왜 탱고를 추세요?"

"그동안 원칙이라 생각했던 모든 걸 깨 버리려고."

"원칙을 깨면 세상이 혼란스러울걸요."

"원칙은 진리가 아니잖니. 너 오다가 망원경 할머니 만났니? 할머니는 낮에 자고 밤에 일어난단다. 새벽까지 별을 보려고 말이야. 나는 내 몸이 춤출 때 가장 즐거워한다는 걸 알게 됐어. 그래서 서류와 연필을 드는 대신 춤을 추게 된 거야. 지겨워질 때까지 출 생각이야. 춤추다 죽어도 좋아."

여자 말대로라면 이 마을에는 대부분 원칙을 벗어난 사람들이 살고 있는 것 같았다. 하지만 내가 생각했던 혼란스러운 일은 일어나지 않았다. 그냥 자신의 방식대로 사는 것 같았다. 그러나 나는 잠을 자야 했다. 걸어오느라 온몸이 몹시 피곤했다. 식탁에 있는 빵을 먹고 침대에 눕는 동안에도 아줌마는 계속 춤을 췄다. 탱고 소리가 소화 활동을 왕성하게 해 주었다. 침대가 하나였지만 전혀 불편하지 않았다. 나는 잠자고 여자는 춤추고.

탱고 소리에 눈을 떴다. 창밖이 환해지고 있었다. 여자의 몸은 지쳐 있었지만 벅찬 미소가 얼굴에 가득했다. 여자는 밤새 춤을 췄다고 했다. 우리 둘은 식탁에 마주 앉아 빵과 따뜻한 홍차를 마셨다. 여자가 늘어지게 하품을 하며 두 팔을 위로 쭉 뻗으며 기지개를 켰다.

"얘, 나는 이제 자야겠다. 천천히 먹고 가렴."

여자는 침대 위에 몸을 날렸다.

나는 배낭을 메고 밖으로 나왔다. 햇살을 받은 호수가 반짝반짝 빛났다. 호수는 잠을 자는지 고요했다. 조금은 지루했다. 걷다 보면 누굴 만나겠지 생각하며 한 발 한 발 걸었다. 한참 걷다 뒤를 돌아보니 마을이 까마득하게 멀어졌다. 그사이 아무 일도 일어나지 않았다. 누구라도 만나기를 은근히 바랐지만 한 명도 구경하지 못했다. 호수의 3분의 2를 돈 것 같았다. 왜 호수를 한 바퀴 돌아 보고 싶었는지 모르겠다. 그래야 할 것 같았다. 다리가 몹시 아팠지만 걸음을 멈추지 않았다. 배가 고파 아줌마에게서

얻어 온 빵을 먹었다. 목이 마르면 호수 물을 떠 목을 축이며 걸었다. 걷는 일이 힘들었지만 나쁘지 않았다. 걷다 지치면 옷을 벗고 수영을 했다. 그리고는 다시 걸었다.

드디어 목도리도마뱀을 만났다.

"안녕?"

내 인사 소리에 달리려던 목도리도마뱀이 나를 돌아봤다. 나보다 어려 보였다.

"뭐 해?"

"물 위를 걷는 중이야."

"말도 안 돼."

나는 어처구니가 없어 피식 웃었다. 사내아이가 그런 나를 째려보았다. 마치 내가 알리오사를 째려보던 것처럼.

"물 위 걷는 사람으로 기네스북에 오르려는 거야?"

"기네스북에는 우리 아빠가 올랐어. 할아버지의 기록을 깨고 말이야."

"넌 걸어 봤어?"

"세 걸음."

"보여 줘 봐."

사내아이가 냉큼 내 부탁을 들어주었다. 사내아이는 뒤로 물러나더니 다다다다 달려와 호수로 뛰어들었다. 하나, 둘. 셋, 정말 세 걸음 뛰고는 물속으로 처박혔다. 그 모습에 웃음이 터져 나왔다.

사내아이가 물 위로 얼굴을 내밀었는데도 너무 웃겨서 웃음을 멈출 수 없었다. 사내아이가 무안해할까 봐 참으려 애썼지만 참을 수 없었다. 내가 웃자 사내아이도 따라 웃었다. 그런 사내아이를 보고 눈물이 찔끔 나와 배를 잡고 웃었다. 급기야 다리에 힘이 풀려 바닥에 철퍼덕 주저앉아 웃었다. 우리 둘은 한참을 웃었다.

"해 볼래?"

"내가?"

"응. 너도 해 봐."

사내아이 부추김에 홀딱 넘어가고 말았다. 사내아이가 출발했던 곳보다 더 뒤쪽에서 다다다다다다 달려 호수로 뛰어들었다. 그대로 물속으로 처박혔다. 사내아이가 내 꼴을 보고 웃었다. 오기가 나서 다시 뛰었지만 역시나 곧장 처박혔다. 몇 번을 더 뛰었지만 물속으로 직행했다.

"난, 물 위를 걸어 호수를 건너는 게 내 꿈이야."

"모두 비웃을걸."

"왜? 빠지는 건 당연해. 빠져야 달리지. 대신 잘 빠져야 해."

사내아이가 처음 물 위를 달리려 했을 때는 빠지는 일부터 배웠다며 낄낄거렸다. 나도 따라 웃었다.

"빠지는 일이 쉬운 줄 알아. 눈으로 코로 입으로 물이 들어가 숨 막혀 죽을 것 같아."

"알아. 나도 수영은 좀 하니까. 살려면 무조건 발버둥 쳐야지."

"발버둥. 그래 발버둥 쳐야 해. 우리 아빠는 일곱 발짝 걸었고, 우리 할아버지는 다섯 발짝 걸었어."

사내아이는 고요한 호수를 바라보더니 힘껏 달려 호수로 뛰어들었다. 하나 둘 셋 넷. 네 발짝을 걸었다.

"봤지! 내가 네 발짝이나 걸었다고."

"축하해."

사내아이의 흥분된 목소리가 고요한 호수를 뒤흔들었다. 흥분한 아이는 물 위를 걷는 일을 멈추지 않았다. 네 발짝 걷고 다시 빠졌고 또 네 발짝 걷고 빠졌지만 하는 일을 멈추지 않았다. 빠지기 위해 걷는 건지, 걷기 위해 빠지는 건지…. 그러나 이 일을 좋아한다는 건 분명했다.

나는 다시 걸었다. 태양이 중천에 떠 정수리가 몹시 따가웠다. 땀이 줄줄 흘러내렸다. 나는 배낭을 내려놓고 옷을 벗고 호수로 뛰어들었다. 접영과 배영을 하며 수영을 즐겼다. 물론 잠수를 해서 물속도 구경했다. 파랗고 노란, 빨갛고 초록빛을 띤 물고기들이 느긋하게 노닐고 있었다. 태양이 내려앉은 호수 물은 몹시 부드러웠다. 아주 오래된, 15년 전 엄마 뱃속의 양수를 떠다녔던 편안함처럼. 나는 온몸이 쪼글쪼글해질 때까지 수영을 했다. 그러고는 다시 걸었다. 한참을 걷다 보니 어느새 출발점으로 돌아왔다. 다시 생각난 수상한 남자 때문에 부르르 몸이 떨렸다. 내 발걸음이 기차역으로 향했다.

다시 만난 아저씨

회사에 있어야 할 엄마가 기차역으로 마중을 나왔다. 주위를 두리번거렸지만 수상한 남자는 보이지 않았다.

"이리나 할머니가 연락한 거지?"

"응. 고양이는?"

"맡겼어."

"괜찮아?"

"버린 건 아니니까."

마음과는 달리 퉁퉁거리고 말았다. 엄마가 앞장서고 난 뒤를 따랐다. 엄마가 나를 보고 수용소와 체트니크를 떠올리지 않을까 신경 쓰였다. 이러는 내가 싫었고, 이런 생각이 떨쳐지지 않아 더 싫었다.

"학교는?"

"내일부터 갈 거야."

"집에 혼자 갈 수 있지? 사무실 들어가 봐야 해."

"신경 꺼."

이상하게 눈물이 나올 것 같아 아랫입술을 꼭 깨물었다. 할 말 대신 애꿎은 땅바닥만 툭툭 차는 나처럼 엄마도 빙빙 말을 돌렸다. 할 말이 많아 보였다.

"몸은 괜찮아?"

"보시다시피."

"퇴근하고 체바피 먹을래?"

"그냥 집에 있을래."

"나타샤… 돌아와 줘서 고마워서."

"사무실 간다며, 어서 가. 집 가서 쉴래."

"회사 끝나면 바로 갈게. 같이 저녁 먹어."

"알았어."

난 잰걸음을 쳤다. 그렁그렁 매달린 눈물이 주르륵 흘러내렸다. 모퉁이를 돌아 슬쩍 보니 엄마가 그대로 서서 내 쪽을 바라보았다. 잠시 그렇게 서 있던 엄마가 걸음을 떼었다. 엄마의 축 처진 어깨가 떨리는 것 같았다.

사라예보는 그동안 변한 게 하나도 없었다. 트램이 다니는 큰길도, 하늘을 찌를 듯 서 있는 나무도, 바삐 오가는 사람들도 그대로였다. 기분 탓일까. 총알 자욱 선명한 건물이, 강물 위를 비추는 햇살이, 의자 옆에 우뚝 서 있는 늙은 나무가 이전과 달라 보였다. 이 모든 것들이 전쟁에서 살아남은 용감한 전사들 같았다. 엄마와 밀라 아줌마도 끔찍한 수용소에서 살아남았고, 엄마는 나를 버리지 않았다.

호텔로 갔다. 수상한 남자가 아직도 호텔에 묵고 있는지 알고 싶었다. 이모를 만나기 전 로비 구석에 앉아 사람들을 살폈지만 수상한 남자를 찾지는 못했다. 한 시간쯤 지난 후 이모를 불러 달라고 부탁했다. 마치 찾아올 줄 알았다는 듯 사비나 이모는 반갑게 나를 맞이했다. 사라예보로 다시 돌아온 기념이라며 장미꽃 한 송이를 불쑥 내밀었지만, 장미꽃의 의미를 생각하느라 주춤거렸다. 이모가 내 손에 장미꽃을 쥐여 주었다. 예전부터 이모는 장미꽃을 자주 선물했었는데 갑자기 의미를 부여하려는 내가 우스웠다. 궁금증이 많아 보이는 이모에게 무슨 말을 꺼내야 할지 조심스러웠다.

"그래 뭐라도 좀 찾았니?"

"이모, 로타 엄마가 로타를 버린 이유가 있다고 했죠?"

"설마, 너 로타를 버렸니?"

"맡겼어요. 그래야 할 것 같아서요."

"로타네 엄마도 로타를 버린 게 아니라 너에게 맡긴 거야. 이웃을 돌보는 것, 신이 인간을 만든 목적이야."

억지 같은 대답이었지만 위로가 되었다.

"나타샤, 엄마가 아빠 얘기 안 한 데는 이유가 있을 거야."

"…."

"아직 너에게 말할 준비가 안 됐나 봐. 말 할 때를 찾는 중일 거야. 조금만 기다려 봐."

나는 천천히 고개를 끄덕였다. 어른이 된다는 건 잘 기다리게 되는 것인지도 모르겠다.

"이모, 저번에 검은 모자 푹 눌러 쓴 사람이 여기 고객이랬잖아요. 아직도 있어요?"

"검은 모자 푹 눌러 쓴 사람이 어디 한둘이니."

"분명 고객이라 했어요."

"내가 그랬나…."

이모는 생각이 안 나는지 두 손으로 머리를 잡고 흔들었다. 제발 기억해 내기를 바랐지만 끝내 기억하지 못했다.

"왜? 아는 사람이니?"

"누굴 미행하는 것 같아요."

"미행? 누굴?"

체트니크라는 말을 할 수 없었다.

"그놈이 대체 누구예요? 엄마가 그놈 때문에 모스타르도 못 간다고, 그놈, 그놈 소리쳤잖아요."

"나타샤, 진정해."

"누군가 엄마를 미행하고 있죠?"

"그건 아니야."

"숨어서 노려보는 걸 제가 봤어요."

"나타샤, 널 미행한 게 아니잖니."

남 일이라고 너무 쉽게 단정 짓는 이모 대답에 속상했다. 내 고함에 숨어 있던 수상한 남자가 다시 돌아왔을 테고, 그 순간 엄마와 눈을 마주쳤을 가능성이 다분했다.

"신고해야죠."

"이유가 있겠지…."

"이유 따위 필요 없어요."

초조한 마음 탓에 불퉁스런 대답이 나와 버렸다. 미간에 주름이 잡힌 이모가 애써 웃어 보였다.

"그놈이 호텔에 묵고 있는지 알아봐 주세요."

"그러마. 내가 알아볼 테니 진정해. 나타샤, 무사히 돌아온 기념으로 밥 먹을까?"

"다음에요."

수상한 남자를 찾아야 초조한 마음이 진정될 것 같았다. 이모에게는 집으로 간다고 말하고는 호텔을 나왔다. 전범 사냥꾼 아빠를 둔 알리오사의 도움을 받을까 생각했지만 사라를 속이는 것 같아 내키지 않았다. 불안한 마음에 걸음이 빨라졌다.

곧장 집으로 가기에는 가슴이 답답했다. 나도 모르게 자꾸 주위를 두리번거리며 발길 닿는 대로 걸었다. 오스트리아 헝가리

시대의 건축물과 네오고딕 양식의 성당, 세르비아 정교회 회당과 이슬람의 모스크가 다른 듯 조화로웠다. 알라신이고 하느님이고 모두 평화를 원할 텐데, 서로 표 안 나게 으르렁거렸다.

상점과 레스토랑이 즐비한 골목 여기저기서 양고기 굽는 냄새와 터키식 커피 향기가 뒤엉켜 내 코를 자극했다. 뒤엉켜 있는 게 조화롭고 평화로웠다. 광장 골목골목에 오래전부터 같은 종류의 물건을 파는 상점들이 모여 길드를 조성했다고 한다. 화재와 전쟁으로 그때 상점들이 불타고 사라져 버렸지만, 유일하게 옛 모습 그대로 남아 있는 골목 카잔질루크를 기웃거렸다. 튀르키예어로 냄비라는 뜻인 카잔의 골목답게 구리로 만든 냄비와 그릇들이 제발 나를 사 가라며 소리 없는 고함을 질렀다. 모든 게 며칠 전과 그대로인데 나만 달라졌다. 불안하고 초조했다. 이 평화로운 거리에 체트니크 전범이 활보하고 다닌다니 소름 끼쳤다. 하늘은 파랗고 새들은 즐겁게 하늘을 날았다. 나 말고는 모든 게 평화로워 보였다.

"어어어…."

오른쪽 발을 든 나는 비틀대다 겨우 균형을 잡았다. 하마터면 길바닥에 그려진 '사라예보의 장미'를 밟을 뻔했다. 괜히 신경 쓰이는 이 마음도 짜증났다. 컹컹컹, 하만◆ 앞에서 떠돌이 개 두 마리가 뼈다귀를 뜯고 있었다. 뚫어져라 쳐다보는 내가 부담스러운지 슬쩍슬쩍 곁눈질을 하면서 뼈다귀를 뜯었다.

◆ 이슬람 전통 목욕탕.

“얘야, 잘 지내니?”

“어! 아저씨?”

금발 아저씨가 손을 흔들며 다가왔다.

“나 기억나니? 고양이는 잘 있고?”

“네….”

나는 고개를 끄덕이며 수상한 남자가 미행하는지 주위부터 살폈다. 그놈이 제발 이 근처에 숨어 있기를 바라면서 말이다.

“엄마와 화해했니?”

“네….”

“누굴 기다리는 중인가 보구나?”

아저씨도 나를 따라 주위를 휘익 둘러보았다.

“혹시 저희 엄마를 아는 건 아니죠?”

“그렇지. 내가 네 엄마를 어떻게 알겠니. 갑자기 달려가서 나도 좀 놀라긴 했구나.”

내 예상대로 수상한 남자가 체트니크였다.

“그날 수상한 사람이 아저씨를 미행했어요.”

“나를 미행했다고?”

“식당 모퉁이에 숨어 있는 걸 봤는데…. 엄마 때문에 얘길 못해 드렸어요.”

“선량한 사람을 함부로 미행하다니, 조치를 취해야겠구나.”

아저씨는 빙그레 웃으며 미행자가 확실하냐고 물었다. 며칠 전

이모가 근무하는 로즈 호텔에 갔다가 수상한 남자를 봤다는 얘기도 했지만 아저씨는 너무 걱정하지 않아도 된다며 도리어 나를 안심시켰다. 대수롭게 여기지 않아 조바심이 일었다.

"수상한 남자에 대한 정보를 알아 내면 알려 드릴까요?"

"음… 그래, 우리가 만났던 식당 카운터에다 쪽지를 남겨 놓는 건 어떨까? 내가 말해 두마. 그런데 얘야, 지금 시간이면 학교에 있어야 하지 않니?"

"그… 그게… 일이 좀 있어서요."

"무슨 일인지 모르겠지만 잘 해결되길 바란다. 잘 가거라."

아저씨의 뒷모습을 바라보다 돌아선 순간 그대로 굳어 버렸다. 건너편 벽에 등을 기댄 수상한 남자가 신문을 읽는 척 고개를 숙이고 있었다. 너무 가까운 거리라 숨이 턱 막혔다. 아저씨에게 내 말의 진실을 알릴 기회였고, 전범의 정체를 확 까발릴 절호의 순간이기도 했다. 벌떡이는 심장을 두 손으로 꾹 누른 채 아저씨에게 달려갔다.

"아저씨, 미행이에요. 신문 보고 있는 남자요."

아저씨가 수상한 남자를 힐끗 쳐다보았다.

"틀림없어요."

"내가 해결할 테니 걱정 마라."

아저씨가 수상한 남자에게로 뚜벅뚜벅 걸어갔다. 숨이 막혔다. 수상한 남자는 여전히 신문 읽는 시늉을 하고 있었다.

"실례합니다."

수상한 남자가 천천히 신문을 내리며 씨익 웃었다. 선으로 포장된 미소가 섬뜩했다.

"혹시 저를 미행하고 있었습니까?"

수상한 남자가 느긋하게 신문을 접었다.

"선량한 시민을 미행하면 법정에 서게 됩니다. 무슨 일로 미행한 거죠?"

"선량한 시민이라… 참 재밌군."

"뭐가 재밌다는 거죠? 당신을 신고하겠소."

"신고라… 그건 내가 할 소리인 것 같은데."

"말을 빙빙 돌리지 말고, 나를 미행한 이유나 말하시오!"

"곧 알게 될 테니 기다리시지."

"지금 말하시오."

금발 아저씨 목소리가 커졌다. 사람들이 둘을 흘끗거리며 지나갔다. 수상한 남자는 느물거리는 게 몸에 밴 습성 같았다. 열불이 났다.

"오늘은 예고편이거든. 앞으로 자주 보게 될 거야."

수상한 남자는 자기 할 말만 따박따박 끝내고는 낄낄거리더니 나를 향해 다가왔다. 두 다리에 달라붙은 주먹이 덜덜 떨렸다. 엄마도 나처럼 무서웠구나.

"얘야, 네가 날 미행하고 있는 걸 알고 있다. 네 아빠가 말이다…."

"아이에게 무슨 짓을 하는 거야! 당장 꺼져."

아저씨가 수상의 남자의 팔을 확 낚아챘다.

"오늘은 여기까지."

야비한 웃음을 흘리며 수상한 남자가 큰길로 걸어갔다. 기다렸다는 듯 검은 차 한 대가 달려와 그를 태우고 사라졌다. 공범까지 있다니, 생각보다 치밀했다.

"아저씨, 제 말 맞죠?"

"저놈이 무슨 말을 하든?"

"제가 미행한 걸 알고 있었대요."

"아주 나쁜 놈이다."

아저씨의 격앙된 목소리가 반드시 붙잡을 테니 걱정 말라는 위로 같았다.

"얘야, 너도 조심해야겠구나. 혼자 다니면 큰일 난다."

"그럴게요. 아저씨도 조심하세요."

"저놈의 거처를 알 게 되면 꼭 알려다오. 혹시라도 우연히 만나 무슨 말을 하더라도 절대 믿지 말거라. 저놈 입에서 나오는 말은 다 거짓이야."

"그럴게요."

"곧장 집으로 가거라."

아저씨가 내 등을 조심히 떠밀고는 종종걸음을 쳤다.

30마르카

아저씨 말대로 곧장 집으로 왔다. 수상한 남자에게 우리 집을 들키지 않기 위해 빙빙 둘러 왔더니 몸이 물을 빨아들인 스펀지처럼 무거웠다. 침대에 몸을 던졌다. 이내 잠이 들었다. 아주 잠깐 잠을 잔 듯한데 엄마가 흔들어 깨우는 바람에 눈을 떴다. 엄마가 내 손을 꼭 잡고 있었다.

"사라 꿈 꿨구나. 배고프지, 저녁 먹자."

머리가 무거웠다. 친구들과 술래잡기를 하는데 술래인 사라가 나를 찾지 않는 꿈이었다. 이제는 들키고 싶은데, 사라는 캄캄한 밤이 되도록 나를 찾지 않았다.

간신히 몸을 일으켜 거실로 나왔다. 식탁에는 체바피와 토마토, 빵과 딸기잼 그리고 얼음이 둥둥 떠 있는 레모네이드가 놓여 있었다. 레모네이드를 쭉 들이켰지만 머리는 여전히 안개가 낀 듯

흐리멍덩했다.

"알리오사네 할머니, 좋은 분 같더라."

"응."

"사라가 매일 전화했어. 사라랑 통화했니?"

"아직."

엄마와 나는 다음 말을 잇지 못했다. 여전히 엄마는 할 말 대신 겉돌았다.

"나한테 할 말 있어?"

나는 체바피를 한 입 베어 먹으며 물었다. 엄마가 빵에다 딸기잼을 바르며 고개를 끄덕였다. 내가 레모네이드를 들이켜는 동안 방으로 들어간 엄마가 이내 나왔다. 엄마 손에는 통장이 들려 있었다. 펼친 통장을 내 앞에다 놓았다. 매달 20일에 15유로가 찍혀 있었다. 15유로는 보스니아 돈으로 30마르카다.

"이게 뭐야?"

"정부 지원금."

"왜 주는 건데?"

"전쟁 피해자는 아니지만 전쟁을 겪은 우리 같은 여자들에게 주는 위로금이야."

엄마가 아랫입술을 지그시 눌렀다.

아주 비싼 아이스크림 한 개가 4마르카이니까 2유로다. 15유로는 아이스크림 7개를 살 수 있는 값어치다. 엄마가 겪은 일이 고작 아이스크림 7개 값이라니 어이가 없었다. 이런 걸 두고 이리나 할머니는 강자와 약자가 대립할 때 약자의 목소리는 무시되거나 사라지게 된다고 했을 것이다.

"총을 들고 싸우지 않았기 때문에 전쟁 피해자가 될 수 없대. 세상은 우리 같은 여자들을 부끄러워해. 엄마는 전쟁 중에 성폭행을 당했거든. 체트니크들에게."

엄마가 두 손으로 얼굴을 가리며 흐느꼈다. 나는 엄마가 울음을 멈추고 무슨 말이든 해 주기를 기다렸다. 지금 내가 할 수 있는 건 기다림뿐이었다. 엄마 얘기는 보스니아에 전쟁이 터진 시간부터 시작되었다. 중간중간 말을 끊고 흐느꼈다. 엄마가 엄마 얘기를 들려줄 때가 오늘이었나 보다. 밀라 아줌마가 들려주었던 이야기를 다시 들었다. 30마르카의 무게는 정말 무거웠다. 명치끝에 뭉근한 통증이 올라왔다.

"엄마, 우리 이사 가자."

"…."

"아무도 모르는 곳으로 이사 가서 살자."

"그래. 이사 가자. 어디로 갈까, 아무도 모르는 곳으로 가야겠지…."

엄마 대답이 넋두리 같았다. 붉은 장미 언덕과 파란 호수가 있는 마을이면 엄마도 좋아할 것 같았다. 빨리 그곳으로 가고 싶었다. 나는 주머니에 있던 애나네 빵집에서 주운 목걸이를 식탁 위에 올려놓았다. 엄마 눈이 휘둥그레졌다. 케난 아저씨가 엄마를 찾고 있다는 내 말에 엄마는 말없이 방으로 들어갔다. 엄마 어깨가 휘우듬했다. 수상한 남자가 전범인지 엄마에게 물어보는 건 너무 가혹한 것 같았다.

방으로 들어와 짐을 싸려니 쟁여 둔 것들이 서랍과 옷장에 그득했다. 책꽂이에 꽂힌 채 먼지를 뒤집어쓴 책과 공책들. 그중에 오래된 일기장과 앨범이 눈에 들어왔다. 앨범을 들추자 엄마와 사비나 이모와 함께 소풍 가서 아이스크림을 먹고 있는 7살의 내가 있었고, 호텔 수영장에서 신나게 수영하는 내가 있었다. 볼이 통통한 사라가 내 옆에 바짝 붙어 서서 배시시 웃었다. 아무것도 몰랐던 옛날이 좋았다. 엄마도 전쟁이 일어나기 전을 그리워할 것 같았다.

"나타샤, 전화 왔다."

"사라?"

"알리오사래."

"잔다고 해 줘. 나중에 통화할게."

엄마가 고개를 끄덕이고는 방문을 닫았다. 지금은 아무와도 통화하고 싶지 않았다. 밤새도록 짐을 쌌다.

새벽쯤 잠든 탓에 오후 늦게야 눈을 떴다. 화장실을 가기 위해 거실로 나왔는데 사비나 이모와 통화를 하고 있던 엄마가 목소리를 낮췄다. 하지만 '증인 설 일은 절대 없을 거야' 하는 소리를 들었다. 나는 아무것도 못 들은 척 화장실로 갔다. 더 이상 통화 소리가 들리지 않았지만 신경 쓰였다. 이내 점심 먹으라는 소리가 들렸다. 입맛이 없었지만 빵에다 딸기 잼을 발랐다.

"저녁에 체바피 먹으러 갈래?"

"돈 들어오는 날 아니잖아."

"…."

"나, 약속 있어."

"사라랑 약속했으면, 식당 예약해 놨으니까 같이 와."

"취소해. 나 그 식당 안 가. 맛없어."

나는 한 입 베어 먹은 빵을 그대로 두고 방으로 들어와 누웠다. 다시 잠이 들었다. 눈을 떠 시계를 보니 6시가 되어 갔다. 옷을 갈아입고 방을 나왔는데 엄마가 없었다. 이모 퇴근 시간에 맞춰 호텔에 도착하려면 서둘러야 했다.

운동화를 신는데 현관 벨이 울렸고, 주먹으로 문을 탕탕 두드렸다. 혹시, 수상한 남자? 가슴이 덜컹 내려앉았다.

"누구세요?"

"나야. 어서 문 열어."

사라였다. 안도의 숨을 내 쉬며 문을 열었다.

"뭐야? 어디 가려고?"

"웬일이야?"

"야, 왔으면 연락을 해야지. 전화도 안 받고."

"계속 잤어."

"집 나가니까 개고생이지. 큭큭."

엄마가 없는 걸 확인한 사라는 소파에 철퍼덕 몸을 던졌다. 나는 오렌지 주스를 가져왔다.

"로타는? 설마 버렸어? 아니지?"

"맡겼어."

"그럴 거면 나한테 주지 그랬어. 가출씩이나 하지 마시고. 너 어디로 튀었었냐?"

능글능글 웃으며 사라가 물었다.

"친척집."

"나타샤, 알리오사가 어찌나 궁금해하는지 너 아프다고 거짓말하느라 엄청 힘들었어. 어찌나 꼬치꼬치 캐묻던지 하마터면 가출했다고 다 털어놓을 뻔했다니까. 으흐흐, 내 거짓말에 홀딱 넘어가긴 했지만. 걔, 의외로 순진하더라."

사라는 알리오사에게 홀딱 빠져 있었다. 이 마당에 알리오사 할머니네 갔다 왔다고 말했다간 당장 절교당하겠지. 거짓말하기 싫은데 어쩔 수 없다. 다 사라를 위한 거니까.

"고생했어. 진행은 잘돼 가지?"

"희생양이 필요했지만, 완전히 내 작전에 말려들었어. 난 정말 천잰가 봐. 너도 기대 해."

사라가 어깨를 한껏 추켜세우며 으스댔다.

"혹시 옆 반 애는? 칸인가?"

"아! 걔?"

"학교에 안 나오지?"

"안 나오나… 모르겠다. 아리안이 좀 심하긴 했어."

"뭐가?"

"걔 잘못이 아니잖아. 걔도 그렇게 태어나고 싶었겠어? 안 그래?"

"그렇지 뭐."

나는 시큰둥하게 대답했다.

"나타샤, 너 엄청 변했다. 가출하더니 너무 진지해졌어. 힘 좀 빼셔."

"내가 뭘."

"이것 봐. 뭘 이렇게 정색하고 받아."

"알았어…."

"알리오사 걔 정말 웃겨."

좋을 때다.

"아리안이 옆 반 애에게 사과하는 걸 두 눈으로 지켜볼 거래. 나타샤, 우리 내기할래?"

"무슨 내기?"

"아리안이 옆 반 애에게 사과 한다, 안 한다. 난 '한다'에 한 표. 넌?"

"안 한다."

"지는 사람이 햄버거 쏘기다."

"좋아."

사라는 아리안을 몰라도 너무 모른다. 하기야 사라 뇌의 90퍼센트가 알리오사로 채워져 있으니 아리안까지 신경 쓸 여력이 없겠지.

사라와 나는 오래전 사진을 보며 낄낄거렸다. 사라에게 내가 체트니크의 딸이라고 말하려고 기회를 엿보았지만 차마 입이 떨어지지 않았다. 나도 엄마처럼 겉돌았다. 이사 가기 전에는 말해야겠지.

전범 사냥꾼

일요일 내내 엄마는 겨울잠을 자려는지 침대에서 일어나지 않았다. 오늘은 꼭 사비나 이모를 만나야 했다. 밖으로 나오자 후텁지근했다. 그르바비차 경기장 벽에는 디노 메를린 공연을 알리는 포스트가 줄줄이 붙어 있었다. 그림의 떡이다. 언제나 행운은 나를 비켜 간다. 안 보는 게 상책이다. 속상하기만 하니. 서둘러 그 자리를 벗어나 다리를 건넜다. 때마침 정오 예배인 주흐르를 알리는 아잔 소리가 들렸다. 내 발걸음은 자미로 향했다. 수돗가에서 손을 씻고 히잡을 두르고는 여자들이 기도하는 곳으로 갔다. 무릎을 꿇고 두 손을 모았다. 그런데 이상하게 기도가 되지 않았다. 알라신에게 무슨 말을 해야 할지 텅 비어 버렸다. 사라 말대로 칸이 체트니크의 자식인 게 걔 잘못이 아니듯, 내가 체트니크의 딸인 것도 내 잘못이 아니니까.

마음이 복작거려 밖으로 나와 버렸다. 문 앞에 이맘이 서있었다. 신은 공평하다고 말했던 그 이맘이었다. 나도 모르게 이맘을 노려보고 말았다.

"얘야, 할 말이 많아 보이는구나."

"알라신이 있긴 해요?"

"우리 저리로 가서 얘기 하자."

이맘이 나를 사람이 없는 한적한 무화과나무 아래로 데려갔다. 푸른 잎이 하늘을 가릴 만큼 무성한 무화과나무 가지 위에서 하얀 새가 노래하고 있었다.

"넌 신이 공평하지 않다고 했지, 왜 그렇게 생각하니?"

이맘이 나를 기억하고 있었다.

"하필이면 왜 나죠? 왜 나냐고요. 이럴 순 없어요."

"차근차근 말해 주겠니?"

"절 왜 체트니크의 딸로 태어나게 했냐고요. 신은 공평하지도 않고 없을지도 몰라요."

갑자기 울음이 터져 나왔다. 울음은 쉽게 그치지 않았다. 몸속 눈물을 모두 쏟아 낼 기세였다. 이맘은 아무 말 없이 울음이 그칠 때까지 기다려 주었다. 나는 이맘에게 엄마가 겪은 일을 들려주었고, 내가 어떤 사람인지도 말했다.

"알라신은 서로 사랑하라고 했지 죽이라고는 하지 않았어. 그건 하느님도 마찬가지란다."

"신이 있다면 전쟁을 왜 일으켜요."

"전쟁은 신이 아니라 인간이 일으켰잖니. 어른들이 말이야. 나도 어른이니까 너에게 사과하고 싶구나. 미안하구나, 용서해다오."

"사과는 죄 지은 사람이 해야죠."

수상한 남자 같은 놈이.

"네 말이 맞다. 알라신도 사과는 물론이고 죄의 대가까지 달게 받기를 원한단다."

"뻔뻔하게 돌아다닐 수 없게 심판해야죠."

수상한 남자가 버젓이 나돌아 다니지 못하게 말이다.

"그래서 신은 우리에게 선물을 주었단다."

나는 흔들리는 눈빛으로 이맘을 바라보았다. 궁금했다.

"자유의지."

이맘이 무슨 말을 하려는지 통 이해되지 않았다.

"신은 전쟁마저도 인간의 자유의지에 맡겼거든. 전쟁과 평화, 무엇을 선택할지는 인간의 자유의지에 달렸어. 우리는 평화를 사랑한다면서 전쟁을 곧잘 선택하지. 네 마음이 향한 곳은 어디니?"

내 마음은 분노를 향해 질주하고 있다. 나를 체트니크의 딸로 만든 수상한 남자를 부숴 버리고 싶다. 그러나 나는 대답하지 않았다.

"전쟁 전에 세르비아 사람들도 학살을 당했단다. 우리처럼 억울했을 거야. 무겁든 가볍든, 깊든 얕든. 적도 사람이니 아프단다. 고통의 무게와 깊이는 저울질할 수 없거든."

이맘이 체트니크와 세르비아인들을 두둔하는 이유를 어렴풋하게나마 알 것 같았다.

"왜 너인지 나였어도 억울하고 분통이 터졌을 거야."

이맘 얘기에 칸이 떠올랐다. 분명 학교를 떠났을 그 아이. 이제 내가 체트니크의 딸이라는 소문이 학교 전체에 퍼질 테고, 그러면 나를 구경하러 아이들이 몰래 찾아올 테지. 징그러운 뱀을 보듯 힐끔거릴 눈총에 몸서리가 쳐졌다. 울컥, 분노가 들끓었다.

"엄마는 더 그러겠죠. 엄마가 날 버린대도…."

'버린대도'라는 말을 하다 다시 울음이 터져 버렸다. 가장 두려운 말을 기어코 내 입으로 뱉어 내고 말았다. 엄마가 로타를 버리라고 할 때 집을 나올 정도로 화가 난 건 나를 버리겠다는 말처럼 들렸기 때문이었다. 나는 엄마 배 속에 있을 때부터 버려질지도 모른다는 생각을 했는지 모르겠다. 무의식의 기억이 지워지지 않고 두려움과 공포가 되어 나를 조금씩 갉아먹고 있었다.

"얘야, 이름이 뭐니?"

"나타샤예요."

"그래 나타샤, 우리의 삶은 아주 간단해. 생명은 무조건 살려야 한다는 거. 나타샤야, 넌 원수의 자식이기 전에 엄마의 자식이란다."

이맘 얘기에 정신이 번쩍 들었다. 나는 엄마의 자식이었다. 이상하게 억울한 마음이 조금은 덜어졌다. 그러나 불안한 마음을 떨쳐 내지는 못했다.

호텔로 가면서, 내가 엄마의 자식이라는 말을 주문처럼 되뇌었다. 로비에 들어서자 땀이 비 오듯 쏟아졌다. 로비에서 시원한 음료수를 마시는 사람들이 웃으며 이야기를 나누었다. 모두 즐거워 보였다. 수상한 남자를 찾았다. 그놈을 웃고 떠들게 놓아 두고 싶지 않았지만 그놈은 보이지 않았다. 카운터로 가 사비나 이모를 불러 달라고 부탁하고는 구석진 곳으로 갔다. 조금 있자 이모가 헐레벌떡 뛰어왔다. 무척 바쁜 모양이었다.

"나타샤, 잘 왔다, 안 그래도 전화하려 했는데."

"혹시 찾았어요?"

"그건 아니고. 오늘은 무조건 너 돌아온 기념으로 식당에서 밥 먹기로 했어."

"다음에 먹어요."

"예약 다 해 놨어. 애나랑 네가 잘 가는 단골 식당에서 체바피 먹기로 했어. 나타샤, 더 할 얘기 없으면 가 봐야 해. 나머지는 식당에서 하자."

어쩔 수 없었다.

"이모, 전 여기서 식당으로 곧장 갈게요."

이모가 종종걸음을 치며 손을 흔들었다. 사실 이 많은 고객 중에 검은 모자를 쓴 사람을 이모가 기억한다는 건 무리였다. 어떤 단서라도 찾을까 싶어 한참을 서성였지만 수상한 남자는 끝내 모습을 드러내지 않았다.

호텔을 나와 식당으로 갔다. 로타를 만났던 자리에 쓰레기가 쌓여 있었다. 로타는 잘 있는지 보고 싶었다. 올 때마다 앉는 창가 대신 예약석을 안쪽 구석으로 옮겨 달라고 부탁했다. 엄마와 내가 앉는 창가 자리에서는 넓은 유리창으로 오가는 사람들을 구경할 수 있어 엄마를 기다리는 시간이 덜 지루했다. 그러다 지나가는 사람과 눈이 마주치면 눈인사를 나누었다. 오늘은 지나가는 사람이 나를 쳐다보는 게 싫었다.

"어! 얘야, 별 일 없었니?"

금발 아저씨는 아줌마와 대학생 오빠와 함께였다. 우연치고는 타이밍이 너무 절묘했다.

"아빠, 아는 애예요? 귀엽게 생겼네."

얼굴이 화끈거렸다. 아저씨네 가족은 창가 쪽에 앉았다. 두런두런 얘기를 나누다 간간이 웃음소리가 들렸다. 화기애애한 아저씨네 가족과는 달리 나는 잔뜩 긴장했다. 아저씨를 만난다는 건 수상한 남자와 맞닥트릴 확률이 높기 때문이었다. 이래서 여기는 오고 싶지 않았다. 독 안에 든 쥐처럼 밖으로 나갈 수도 없게 되었다. 문 앞에 수상한 남자가 턱 버티고 서 있을 것 같았다. 땡그렁. 얼른 고개를 숙였다.

"나타샤!"

사라였다. 흰 티셔츠에 청치마를 입은 상큼한 사라가 내 앞자리에 앉았다.

"여기 엄청 비싼 데잖아. 네 덕에 비싼 체바피를 먹어 보네. 잘 먹을게."

사라가 메뉴판을 보며 입맛을 다셨다.

'제발 나타나지 마.'

나는 알라신에게 빌고 빌고 빌었다. 땡그렁, 알라신은 나를 저버렸다. 수상한 남자가 식당 안으로 들어섰다. 금발 아저씨를 찾는지 아니면 나를 찾는지 주위를 휘리릭 둘러보았다. 얼른 식탁 위에 엎드렸다. 사라가 내 팔을 흔들며 왜 그러냐고 물었지만 검지를 입술에 갖다 대고는 눈을 감았다. 금발 아저씨는 가족들과 얘기를 나누느라 이 상황을 전혀 눈치채지 못했다.

'아저씨, 아저씨, 그 놈이 나타났어요!'

아무리 소리쳐도 아저씨에게 가 닿지 않았다.

"나타샤, 시한폭탄이 터질 것 같아, 이 분위기 장난 아닌데."

"도대체 당신 누구야?"

사라 얘기가 끝나기 무섭게 금발 아저씨의 고함이 터졌다. 아저씨 목소리가 나를 구원했다.

"한판 뜰 것 같아."

사정을 모르는 사라는 액션 영화를 구경하는 듯 호기심으로 가득 찼다. 나는 슬그머니 고개를 치켜들었다. 수상한 남자가 금발 아저씨 가족이 앉은 식탁 앞에 턱 서 있었다. 아줌마와 오빠의 놀란 얼굴이 뻣뻣하게 굳었다.

"가족이 단란하군. 15년 전 일을 떠올려야 할 것 같은데."

"15년 전이면, 전쟁 때로군."

"맞아. 그때 당신은 사람을 죽였어."

수상한 남자 대답에 식당 안이 웅성거렸다.

"그때는 전쟁이라 서로가 서로를 죽였지."

"서로를 죽여야지만 살 수 있는 게 전쟁이니, 그 말은 인정하지. 그런데 당신은 무슬림 여자들을 수용소에 가두고 아기를 낳게 했어."

"그건 상부의 명령이었어."

금발 아저씨 대답을 듣는 순간, 내 머리를 무거운 쇠망치가 내려치는 것 같았다. 사라가 내 귀에 대고 '체트니크인가 봐' 하고 속삭이는데 머리가 어질어질했다.

"명령이었지만 선택은 당신이 하는 거잖아. 양심 있는 사람이라면 그 명령에 따르지 않았을 거야. 당신은 명령을 따르느라 체트니크의 아기를 가져야 하는 무슬림 여자들의 고통 따위는 생각조차 하지 않았거든. 그리고 그렇게 태어난 아기들의 아픔도…."

수상한 남자 입에서 나올 말이 아닌데, 혼란스러웠다. 금발 아저씨의 얇은 입술이 실룩거렸다.

"상부의 명령을 거역할 수 없었어."

"사람은 자신이 원하는 걸 선택하게 돼 있어. 당신은 상부의 명령이 아니라 당신이 원하는 걸 선택한 거야. 그건 잘못된 선택이었어. 잘못된 건 바로잡아야 했어."

"아빠도 살기 위해 명령에 따른 것뿐이라고 하잖아요."

잠자코 있던 아저씨 아들이 소리쳤다.

"네 아빠가 죽인 그 사람들도 살고 싶었어. 죽고 싶은 사람은 이 세상에 단 한 명도 없거든. 너도 그렇지?"

금발 아저씨와 아들 얼굴이 심하게 뒤틀렸다. 우는 건지 웃는 건지 알 수 없는 표정이었다.

"증거를 대. 내가 그랬다는 증거를 가져오라고."

금발이 소리쳤다.

"당신, 정의가 뭔지 아나?"

"정의 같은 소리 집어치고 증거나 가져오라고."

"죄의 대가를 받지 않으면 당신처럼 뻔뻔한 인간이 되지. 곧 법정에서 만날 테니 기다리시지. 그게 정의거든. 내가 15년 동안 널 쫓아다닌 이유이기도 하고 말이야."

"흐흐, 과연 나를 법정에 세울 증거가 있을지 궁금하군. 기다리고 있을 테니 부디 증거를 가져오기나 해."

금발이 빈정거리자 사라가 뻔뻔한 놈부터 시작해서 온갖 욕을 내 귀에 대고 퍼부었다.

"고맙군. 그럼 법정에서 만나지."

수상한 남자, 아니지, 어쩌면 알리오사네 아빠일지 모를 전범 사냥꾼이 유유히 식당을 빠져나갔다.

금발이 짜증을 내자 가족들이 황급히 자리에서 일어났다. 난 금발이 정말 전범인지 확인하고 싶었다. 선이라 믿었던 아저씨가 순식간에 악이 된 몹시 당혹스러운 이 상황을 수습하고 싶었다.

"아저씨, 잠깐만요!"

"오호라, 네가 저놈과 작당하고 날 올가미에 걸려들게 했구나. 발칙한 년."

"발칙한 년이라뇨, 말을 심하게 하시네요."

사라가 끼어들었다.

"비켜. 재수 없게."

금발이 나를 확 밀쳤지만 사라가 내 팔을 잡아 간신히 균형을 잡았다. 사라는 사람에게 왜 폭력을 휘두르냐며 대들었다.

"아저씨가 정말 체트니크가 맞냐고요?"

다시 물었지만 금발, 아니 전범은 대꾸 대신 감사납게 굴며 식당 입구로 걸어가 버렸다. 땡그렁, 정말 기가 막히게 엄마가 식당을 들어섰다. 엄마는 한 뼘 정도의 거리에서 전범을 맞닥트리고 말았다. 홱, 엄마는 그대로 달아나 버렸다. 어안이 벙벙한 사라에게 오늘은 밥을 먹을 수 없겠다며 내일 학교에서 보자고 말하고는 엄마를 뒤쫓았다.

"엄마 같이 가."

"…."

"엄마, 괜찮아?"

"나, 나… 나를 알아보는 것 같았어."

엄마는 말까지 더듬거리며 숨을 헐떡였다.

"체트니크 맞아? 확실해?"

"그놈이 왜 거기서 나와…."

"엄마가 왜 도망쳐?"

"그러게 말이야. 내가 왜 도망쳤지. 죄지은 놈은 저놈인데."

엄마의 눈동자는 당장이라도 튀어나올 것 같았다.

"내가 피해자야, 내가 피해자라고."

정신이 나간 듯 엄마가 중얼거렸다.

"우릴 짓밟은 놈은 거리낌 없이 거리를 돌아다니는데, 난 죄인처럼 도망이나 치고… 이건 엉터리야. 잘못된 거야."

"엄마, 정신차려 봐."

"저놈을 감옥에 처넣어야 해."

"엄마, 우리 빨리 이사 가자."

엄마가 악을 써 댔다. 무서웠다.

나는 엄마 손을 잡고 집으로 왔다. 식당에서 있었던 일을 차근차근 되새기는데 현관 벨이 울렸다. 사비나 이모와 사라가 함께

왔다. 우리 넷은 식탁에 마주 앉았다. 이런 그림이 그려질 줄 몰랐다.

"우리 이사 갈 거야. 그놈을 또 부딪쳐야 한다는 게 너무 무서워."

"못 돌아다니게 감옥에 처넣으면 되잖아."

"우리 둘, 지금도 충분히 힘들어."

엄마가 물을 벌컥벌컥 마셨다.

"애나, 넌 평생 도망만 칠거니?"

"당사자가 아니라 너무 쉽게 말하는구나. 난 이 사실을 나타샤가 알까봐 15년을 숨도 못 쉬며 살았어."

"왜 그렇게 살았냐고. 네가 그렇게 살 동안 그놈은 거리를 활보하며, 잘 먹고 잘살았는데."

"그게 어디 내 탓이니?"

"애나, 그놈이 눈앞에 있어. 요리조리 미꾸라지처럼 빠져나가던 놈을 드디어 잡았다고. 네가 증언하면 당장 감옥에 처넣을 수 있어."

"난 못해. 절대 못해."

엄마가 자리에서 발딱 일어서며 소리를 질렀다.

나는 사라를 데리고 밖으로 나왔다. 사라가 놀이터로 걸어갔다. 나는 사라 뒤를 따라갔다. 사라가 그네에 걸터앉았다. 나도 옆 그네에 엉덩이를 걸쳤다.

"나한테 뭐든지 말해 봐."

"다 알고 있잖아. 내가 체트니크 딸이란 거."

"그래서, 체트니크 딸이면 뭐 어쩌라고."

"애쓰지 않아도 된다고. 꺼져 줄 수 있으니까."

"그렇게 말하니 속이 시원하냐? 네 잘못이 아니잖아."

"…."

"잘 들어. 네가 체트니크의 딸이든, 손녀든 상관없어. 너 놀리는 놈들 다 밟아 버릴 테니… 나타샤… 이사 가지 마."

"…."

기어이 눈물이 터지고 말았다.

"우리 엄마랑 너희 엄마가 호호 할머니 되면 우리가 허리에 손 착 얹고 노려보자고 했잖아. 약속은 지켜야지."

"…."

눈물이 뚝뚝 떨어졌다.

"나타샤, 꽉 잡아."

사라가 내 등을 힘껏 밀었다. 한 번, 두 번, 세 번….

우리 금요일에 만나요

식탁 위에는 사비나 이모가 준 장미꽃이 여태 시들지 않고 고개를 꼿꼿이 들고 있었다.

"사비나 이모 올 거야."

"왜?"

"모임에 같이 가려고."

"무슨 모임?"

"우금만."

"뭔 이름이 그래."

"우리 금요일에 만나요."

엄마 대답에 피식 웃음이 나왔다. 지나치게 유치했다.

"뭐 하는 모임인데?"

"엄마 같은 사람들이 모인 곳이래. 나도 오늘이 처음이야."

엄마가 내 눈치를 슬쩍 보며 빵이 담긴 접시를 식탁 위에 내려놓았다.

"사비나가 회장이야. 같이 갈래?"

"내가 가도 돼?"

"아마도."

그냥 집에 있겠다고 대답하고는 화장실로 갔다. 대충 씻고 나온 사이 사비나 이모가 와 있었다. 딸기 잼을 듬뿍 바른 빵을 한입 베어 문 이모가 손을 흔들었다. 그걸 보자 배가 고팠다. 우선 우유부터 한 컵 들이켰다.

"나타샤, 너도 같이 갈 거지?"

"어른들 모임이라면서요. 전 청소년이잖아요."

"어른들 모임이지만 넌 특별히 끼워 줄게."

이모 너스레에 엄마가 둘만 가자고 말했다. 그런데도 이모는 진드기처럼 매달렸다. 나는 쿨한 척 승낙을 해 버렸다. 이모에게 버릇없이 군 대가를 치르기 위한 결정이었지만 머리가 지끈거렸고 소화마저 안 됐다.

어쨌든 아침을 먹고 우리 셋은 집을 나섰다. 나는 뒷좌석에 앉았다. 후텁지근한 날씨였지만 강물은 부드럽게 흘러내렸다. 개와 함께 산책 나온 할머니는 벌써 집으로 돌아갔는지 보이지 않았다. 떠돌이 개들만 오래된 나무 아래를 어슬렁거렸다. 달리던 트램이 정류장에 멈춰 서자 우르르 사람들이 내리고 탔다. 자동차는 라틴 다리를 지나 국립대학도서관 방향으로 달렸다. 신난 이모와는 달리 엄마 표정은 화석이 될 것 같았다. 시무룩함과 긴장, 주눅과 당혹감 사이에 어정쩡하게 서 있었다. 내 표정은 저러지 않겠지.

"긴장 푸셔. 내가 가자고 조를 땐 안 가겠다더니 네 입으로 가겠다고 했다. 나 원망하는 거 아니지? 다 때가 있긴 한가 봐."

이모가 엄마를 보며 장난스럽게 말을 걸었다. 엄마가 어색한 웃음을 지어보였다.

"처음엔 다들 그래. 모임에 참석한 지 1년이 넘었는데도 말 한마디 안 하는 사람도 많아. 쉽게 말할 상처가 아니잖아."

"사비나, 넌 괜찮았어?"

"물론 아니지. 그런데 속에 있는 얘기를 털어 내고 나니까 시원해지더라. 다른 사람 얘기를 듣는 여유도 생기고. 그놈들을 법정에 세울 힘도 생기고 말이야. 그놈들이 우릴 폭행했지만, 결국 책임은 국가가 져야지. 우리 모두는 전쟁이라는 국가 폭력의 희생양이었으니까."

여기에 나도 포함되었다. 엄마가 내 눈치를 보더니 그만하라며 이모 입을 막았다. 차는 국립대학도서관 뒤편에 있는 3층 건물 앞에서 멈췄다. 우금만 클럽에 참석하러 왔는지 아줌마 몇 명이 건물 안으로 들어가고 있었다.

차에서 내리자 엄마가 내 손을 잡았다. 성큼성큼 계단을 오르는 이모 뒤를 우리도 따라 올랐다. 사무실에는 많은 사람들이 모여 있었다. 우금만 클럽 회장인 사비나 이모가 모임 준비를 하는 동안 엄마와 나는 사무실을 둘러보았다. 전쟁 때 찍은 사진과 자료가 벽에 가득 붙어 있었다.

보스니아 전 지역 강제수용소 57군데에서 2만 내지 5만 명의 여성들이 성폭력과 임신 그리고 출산의 고통을 겪었다. 그들 대다수가 죽거나 집으로 돌아가지 못했다. 살아남은 사람들은 체트니크의 아이를 키우며 살아야 했다. 전쟁이 끝난 지 12년이 지난 2007년이 되어서야 정부는 성폭력 피해자도 전쟁 피해자라고 겨우 인정했다. 여성들의 끈질긴 목소리 때문이었다. 그들 안에 엄마와 사비나 이모 그리고 나도 포함되었다. 이 사실이 남의 문제였을 때와 내 문제였을 때의 온도 차이는 극명했다. 화가 났고, 안타까웠다.

10시가 가까워지자 사무실이 꽉 찼다. 사비나 이모가 앞으로 나와 마이크를 잡았다. 이모는 인사말을 끝내고 신입 회원 소개부터 했다. 우리 말고도 새로 들어온 분이 두 명이나 더 있었다. 두 분 소개가 끝나고 엄마에 이어 나도 엉겁결에 인사를 하고 말았다.

"오늘은 장미 판매와 전범 재판 문제에 대해 얘기하려 해요."

내게 쏠렸던 시선이 이내 사비나 이모에게 향했다.

"장미 판매는 우리 우금만 클럽의 재정 사업이자, 회원님들의 생활 안정 자금이기도 하지요. 올해 장미 재배는 어떤가요?"

"장미는 풍년이랍니다. 판매로만 잘 이어지면 더할 나위 없겠어요. 그래서 이번 디노 메를린 공연 때 장미를 판매하려는데 어떠세요? 우리 우금만 클럽이 어떤 단체인지 홍보도 하고요."

사비나 이모 옆에 있던 아줌마가 시원시원하게 대답했다.

"여러분 어떠세요?"

사비나 이모 질문에 모두들 박수를 쳤다. 장미 판매 안건은 일사천리로 처리되었다.

"그럼, 이번에는 전범 재판 문제로 넘어갈게요. 우리 우금만 클럽에서 법정에 세운 전쟁 범죄자들이 여럿 있었지요. 이들을 법정에 세우기 위해 많은 사람들이 자신의 상처를 드러내야 했어요. 아프죠. 아파요. 증인으로 서기가 힘든 줄 우리는 잘 알고 있습니다. 내가 성폭력을 당했다고 말하기가 어디 쉬운가요. 용기가 필요해요. 이번 법정에 세울 대장 체트니크를 찾았어요. 그놈 재판에서 증인석에 설 애나 말리니크, 나와서 얘기해 줄래요?"

이모가 엄마를 바라보며 웃었다. 몸을 일으키는 엄마가 오소소 떨었다. 나는 엄마 손을 잡았다. 엄마가 걱정 말라는 듯 웃어 보였다. 엄마는 수용소에서 당한 일부터 우연히 식당에서 만난 대장 체트니크에 대해 담담히 들려주었다. 울고 있는 엄마에게 옆에 있던 아줌마가 손수건을 건넸다. 모두들 함께 울었다. 전쟁은 마지막 총성이 멎은 후부터 시작된다던 할머니 말이 맞았다.

"그동안 저는 체트니크에게 성폭력을 당한 사실을 우리 딸이 알까 봐 너무 무서웠어요. 나 때문에 나타샤가 불행해질까 봐 두려웠어요. 나만… 내 입만 다물면 나타샤는 행복할 거라 믿었어요…. 그런데 도망친다고 숨어지는 게 아니었어요. 도망칠수록 두려움만 커졌어요. 이제 전 두려움에서 빠져나오려 해요. 전 제 딸에게 그 애가 어떤 아이인지 모두 말해 줬어요…."

엄마의 울음이 다시 터졌다.

"애나, 너 때문도 아니고 우리 때문도 아니야."

사비나 이모가 엄마의 등을 쓸어내렸다.

"그놈을 법정에 세워, 죄의 대가를 받게 할 거예요. 돈과 권력으로도 자신들의 잘못을 감출 수 없다는 걸 보여 주고 싶어요. 그래야 제 딸 나타샤에게 떳떳할 것 같아요."

엄마의 발버둥에 사람들이 박수를 쳤다.

"여러분, 우리가 할 수 있죠?"

"그럼요. 당연히 법정에 세워야죠."

"우리뿐만 아니라 전범자 찾는 일을 하는 분들이 많습니다. 전범자가 죄의 대가를 받는 걸 우리는 정의라고 말하죠."

이모 얘기에 내 가슴도 두근두근 뛰었다.

'빠지는 건 당연해. 빠져야 달리지.'

목도리도마뱀 목소리가 쟁쟁거렸다.

모임은 끝날 기미가 보이지 않았다. 나는 사라와 약속 때문에 가 봐야겠다며 사무실을 나왔다. 한 계단 한 계단을 천천히 내려갔다.

“네가 왜 여기서 나오니?”

수상한, 아니 전범 사냥꾼이 깜짝 놀라며 물었다.

“우금만 회장님이 제 이모거든요.”

“그놈이 네 아빠 아니었니?”

“뭔가 착오를 단단히 하신 것 같아요. 전혀 상관없거든요.”

“다행이다. 오해해 미안하구나. 일단 알았다. 급한 일 때문에 가 봐야 해. 잘 가거라.”

아저씨가 급히 사무실 문을 열고 들어갔다. 휴, 다행이다. 어쨌든 통쳤다.

오늘부터 1일

"사라야!"

헐레벌떡 집을 나서던 사라가 문 앞에 서 있는 나를 보고 깜짝 놀랐다. 분홍 원피스가 사라에게 잘 어울렸다.

"너 뭐야? 나타샤 말리니크 맞아?"

"응. 나야."

"머리는?"

"변신 좀 해 봤어. 어때?"

"너무 잘 어울린다. 나도 염색해야겠다."

사라가 짙은 밤색에 짧아진 내 머리카락을 어루만졌다.

"사라, 우리 늦었어. 뛰어."

우리 둘은 지각을 하지 않기 위해 학교를 향해 달렸다. 사라가 헐떡이며 질문을 쏟아 냈다. 아무래도 사라는 수영이나 줄넘기를 좀 해야 할 것 같다. 겨우 몇 발자국 뛰어 놓고 헉헉대다니.

"나 드디어 고백 받았어. 오늘이 정식 첫 데이트야."

"축하해."

"우리 공연 같이 보자."

"그, 그래."

내가 준 티켓은 사라 차지가 될 줄 알았다. 사라가 디노 메를린의 신곡 한 소절을 부르며 몸을 흔들었다. 교실에 도착하는 내내 사라는 구름 위에 떠 있었다. 복도에 모여 있는 아이들도 온통 디노 메를린 얘기로 시끌벅적했다.

"사라? 나타샤?"

복도에서 기타를 튕기고 있던 아리안이 손까지 흔들며 친한 척 굴었다. 나는 아리안의 눈을 똑바로 쳐다보지 않았다. 아리안이 옆 반 애에게 그랬듯, 나에게도 '너희 아빠 체트니크지?' 하고 물을 것 같았다. 투명 인간이 되었으면 좋겠다.

"아리안이 사과 할 거야. 미리 햄버거 준비해 놓으셔."

사라가 귓속말로 속삭이고는 아리안에게 다가갔다. 둘이서 뭔가를 속닥거리더니 복도 끝으로 걸어갔다.

나는 옆 반으로 갔다. 내 예상대로 칸은 돌아오지 않았다.

"야, 비켜 줄래?"

"어, 미안."

뒤돌아섰는데 너무 놀라 자빠질 뻔했다. 칸이었다. 여전히 막다른 골목에 몰려 고양이를 물어 버릴 생쥐 같은 태세였지만 학교에 나오고 있었다. 내 촉이 틀렸는데도 기분이 엄청 좋았다. 내년엔 칸과 같은 반이 되었으면 좋겠다.

"너, 전학 안 갔구나?"

"무슨 말을 하고 싶은데?"

비아냥거리는 말투도 거슬리지 않았다. 막다른 골목에서 빠져나온 비결이 뭔지 알고 싶었다. 발버둥 칠 용기가 솟구쳤다. 나도 모르게 두 주먹을 불끈 쥐는 바람에 칸이 이상한 눈으로 나를 노려보고는 제자리로 가 버렸다. 다음에는 둘이서 얘기를 좀 나눠 볼 참이다. 지금보다 좀 더 용기가 생기면 말이다.

교실 앞에 서자 심장이 할딱거려 심호흡을 힘껏 했다. 소리 없는 먼지처럼 슬쩍 교실로 들어섰다. 알리오사는 창가에 모여 있던 남자애들과 수다를 떠느라 바빴다. 에딘 제코가 보스니아 올해의 선수상을 받을 확률이 100퍼센트라며 목소리를 높이고 있었다.

"어! 나타샤다. 괜찮아?"

친구들은 일주일 만에 나타난 내 안부를 물었고, 머리를 염색하니 딴 사람 같은데 잘 어울린다며 치켜세웠다. 지나친 관심이 부담스러웠지만 태연한 척 웃었다. 알리오사가 득달같이 달려왔다. 내가 체트니크의 딸인 걸 확인하려는 것 같아 초조했다. 뭐라고 대답할까 불안했다.

"잘 어울린다."

알리오사 녀석 그 사이에 많이 능글맞아졌다. 질문할 틈을 보여선 안 돼. 가방에서 책을 꺼내며 말했다.

"우리 엄마한테 이르지 말랬지."

"네가 아프다는데 어떻게 말 안 해. 그런데 어디 갔었어?"

"비밀."

"도착 시간에 맞춰 나갔는데, 너희 엄마가 먼저 와 계셨는데… 우셨어. 막차가 올 때까지 그 자리에 그대로 서 계셨어. 다음 날 첫 기차 시간에도 기다렸고."

알리오사가 책상 서랍에서 오렌지를 꺼내 내 책상 위에다 놓으며 말했다. 자신도 기다렸다는 걸 슬쩍 흘려 부담스러웠다.

"30마르카는 내일 갖다 줄게. 고마워."

턱, 갑자기 목이 메었다. 주책바가지, 왜 이러는 거야. 나는 아랫입술을 꾹 깨물었다.

"다이빙은 어림도 없지? 어마어마하게 높다고 했잖아."

수학책을 꺼내며 짐짓 모른 척해 주는 예의까지. 녀석, 사라와 사귀더니 사라예보 사람 다 됐네. 알리오사가 다른 걸 꼬치꼬치 묻다가 체트니크의 딸이 정말 맞냐고 물어볼까 봐 뒤로 가 사물함 정리를 하며 바쁜 척 딴청을 부렸다. 수업 준비를 하며 힐끗힐끗 쳐다보는 알리오사는 여전히 궁금한 게 많은 얼굴이었다. 궁금증을 풀어 줄 말들이 내 입안에서 뱅뱅 맴돌았다.

일주일 동안 교과 진도는 많이도 나갔다. 수학은 뭐가 뭔지 통 알아듣지 못해 따분하고 하품만 나왔다. 공부는 내 스타일이 아니다. 수학은 더더욱. 쉬는 시간에는 그동안 밀린 노트 정리를 하느라 죽을 맛이었다. 무슨 남자애가 이렇게까지 깔끔하게 요목조목 정리를 잘해 놓았는지 알리오사의 노트 정리에 은근히 주눅 들었다. 사라와 친구들은 수업이 끝나도록 내내 공연 얘기에 침을 튀겼지만 나와는 무관한 일이었다.

공연은 밤 8시부터 그르바비차 경기장에서 열린다. 경기장은 학교에서 걸어서 20분 거리에 있지만 디노 메를린을 최대한 가까이에서 영접하기 위해 다들 총알처럼 튀어나갈 자세를 취했다. 나는 쉬는 시간에도 노트 정리를 했다. 수학과 과학 선생님이 내일까지 노트 정리를 해 오지 않으면 F를 줄 테니 각오하라며 으름장을 놓았다. 9학년으로 올라갈 수 없다는 경고였지만 진심으로 고마웠다. 바쁜 일이 생겨 알리오사나 친구들과 말을 섞지 않을 이유가 생겼으니. 사라는 그런 나를 몹시 애석해하며, 대신 디노 메를린을 코앞에서 보게 해 주겠다며 나를 위로했다. 도저히 티켓이 없다는 말을 할 수 없었다.

드디어 마지막 수업을 알리는 종이 울리자 친구들은 썰물처럼 교실을 빠져나갔다. 티켓을 구하지 못한 애들은 경기장 밖에서라도 디노 메를린을 영접하기 위해 전력 질주를 했다. 일주일 만에 의자에 오래 앉아 있었더니 온몸이 뻑적지근했다. 수영장 가서 몸을 확 풀고 싶었지만 곧장 집으로 갈 수밖에 없었다. 맨 마지막으로 교실을 빠져나와 텅 빈 운동장을 걸었다. 학교 건물에 박힌 총알 자욱이 허투루 보이지 않았다. '이 건물도 이렇게 살아남았구나' 하는 생각이 들었다. 죽음의 시대에 살아남는 일이, 튤립 알뿌리처럼 추위를 견뎌 내고 꽃을 피우는 일인지도 모르겠다.

"널 버리고 싶었어. 하루에도 몇 번씩 널 버리고 싶었어."

엄마가 어제 밤에 했던 말이 떠올랐다. 엄마의 울음 섞인 얘기는 내가 이맘에게 털어놓은 고백처럼 나에게 하는 고해 같았다.

"엄마는 날 버리지 않았잖아."

"널 버리고 싶었지만 내가 살기 위해 널 버릴 수 없었어. 하루하루 미칠 것 같아 죽고 싶었는데, 너 때문에 살 수 있었어. 난 너 없으면 못 살아."

엄마가 으스러지게 나를 안았다. 숨이 막힐 것 같았지만 좋았다. 그렇지만 내가 엄마 가슴에 피어난 사라예보의 장미였다는 생각 때문에 조금 외로웠다. 이 외로움은 조금씩 사라질 것이다. 발버둥 치는 엄마와 내가 있으니까.

운동장 가장자리에 서 있는 나무 밑 의자에 잠시 앉았다. 오래된 나무가 만들어 놓은 그늘 안은 시원했다. 주머니에 넣어 둔 오렌지를 꺼내자, 입안 가득 침이 고였다. 조물조물 만져지는 감촉이 좋았다. 껍질을 깐 오렌지를 통째로 입에 털어 넣고 우적우적 씹었다. 즙이 뚝뚝 떨어졌다.

"나타샤, 태워 줄까?"

자전거를 탄 알리오사가 빙글빙글 운동장을 돌며 소리쳤다.

"사라는?"

"아리안이랑 갔어."

"너랑 안 가고?"

"아리안이 사라에게 고백했나 봐."

어이가 없네. 알리오사가 좋다고 난리를 쳐 대더니 아리안의 고백을 받아들인 거야? 희생양이 알리오사였다니. 역시 사라는 어디로 튈지 모르는 생명체다. 사라가 아리안과 사귀게 되어 다행이다. 슬슬 햄버거 살 돈을 마련해야 할 것 같다. 나는 친구들에게 체트니크의 딸이란 걸 꽁꽁 숨기려 발버둥 치겠지만 도망치지는 않을 것이다. 그러나 알리오사가 묻기 전에 지금이라도 얘기해야 할 것 같다. 명치끝에 돌덩이가 매달렸다.

"나타샤, 공연 같이 갈래?"

"노트 정리 때문에 못 가."

"내가 도와줄 테니 빨리 끝내고 공연 가자. 자."

알리오사가 티켓을 내밀었지만 선뜻 받을 수 없었다.

"알리오사, 할 말 있어."

"무슨 말? 다음에 하면 안 돼?"

"저기 있잖아…."

"시간 없어. 어서 타."

알리오사가 내 팔을 끌었다. 자전거 뒤 자리에 앉자 신이 난 알리오사가 천천히 페달을 밟았다.

"알리오사…."

"말 안 해도 돼. 난 그냥 너라서 좋아."

알리오사가 갑자기 페달을 힘껏 밟았다. 그 바람에 알리오사의 허리를 꽉 안고 말았다. 단박에 알리오사의 몸이 나무 기둥처럼 빳빳해졌다. 나는 알리오사 등에다 머리를 기대며 말했다.

"나도 네가 좋아."

쿵쿵쿵, 알리오사의 심장 뛰는 소리가 내 귓전에는 수줍은 사랑 노래로 들렸다. 우리 집으로 가는 길이 달콤했다.

수학 문제는 알리오사가 풀어 놓은 걸 그대로 베끼면 되었다. 과학에 나오는 그래프와 표는 알리오사가 대신 그려 주었다. 노트 정리를 끝낼 무렵 다른 날보다 30분이나 빨리 퇴근한 엄마가 눈썹을 휘날리며 들어왔다. 알리오사를 처음 본 엄마가 '어머나, 우리 나타샤만큼이나 키가 크구나' 하고 말했다. 마치 '넌 누굴 닮아서 키가 그렇게 크니?' 하고 묻는 것 같았지만 아무렇지도 않았다.

"나타샤가 아줌마를 닮았나 봐요?"

"왜?"

"아줌마도 나타샤처럼 금발이네요."

"그래 맞아."

엄마가 나를 보며 웃었다. 어제 저녁에 엄마와 나는 서로를 보고 벌어진 입을 다물지 못했다. 엄마는 밤색 머리가 아닌 본래의 금발로 돌아왔기 때문이었다. 금발이 엄마에게 잘 어울렸다.

"얘들아, 너희끼리 빵 먹고 가."

"엄마는 우금만 가는 거야? 장미 팔러?"

"그래 그래."

엄마는 부랴부랴 화장실로 들어가 씻었다. 내가 고기를 굽고 알리오사가 빵을 써는 동안 엄마는 한껏 멋을 부렸다.

엄마가 정신없이 집을 휩쓸고 나가고 나서야 나와 알리오사는 평온을 되찾았다. 잘 구운 고기와 토마토를 넣은 빵과 우유 한 잔을 서둘러 먹고 집을 나왔다. 인내심 많은 알리오사가 어찌나 '빨리 빨리'를 외치며 페달을 밟는지, 이번에도 두 팔로 힘껏 허리를 안아야 했다. 자전거에서 떨어지지 않으려면 말이다.

한낮의 더위는 저녁이 되자 한풀 꺾였다. 입장이 시작되었는데도 큰길까지 길게 줄이 늘어서 있었다.

"기분이 좋을 땐 아이스크림을 먹어 줘야 해. 아이스크림 먹을래?"

"네 돈 30마르카로 사면 어때? 난 초콜릿 맛으로 부탁해."

빌린 돈을 주자, 공짜 돈이라도 생긴 듯 신이 난 알리오사가 아이스크림을 사 왔다. 우리 둘은 아이스크림을 먹으며 줄을 섰다. 시원하고 달콤한 아이스크림 덕분에 기분이 더 좋아졌다. 즐거운 기다림에 모두들 웃고 떠들었다. 우리 뒤로 줄이 점점 길어졌다.

"알리오사, 그르바비차가 무슨 뜻인지 알아?"

"몰라. 뭔데?"

"등에 혹이 달린 여자라는 뜻이야."

"낙타처럼? 여기가 낙타 경기장이네."

신기한 걸 발견한 듯 알리오사가 말했다. 낙타 등에 혹이 달린 이유는 사막을 건너기 위해서였다. 사막을 지날 때 먹이를 얻을 수 없게 되면 그 혹이 점점 작아지고, 먹이를 얻게 되면 다시 부풀어 오른다. 혹에 저장된 지방이 영양을 보충해 줘 사막을 무사히 건너게 된다. 그르바비차에서 2만여 명의 여자들이 체트니크들에게 강간을 당했다. 그때 낳은 자식들이 그르바비차의 뜻처럼 여자들의 혹이 되었다. 나처럼 말이다. 그 혹이 사막을 건너는 낙타의 생명이듯, 나도 엄마를 살리는 혹이었을 것이다. 지금은 이렇게 생각하고 싶다.

공연이 열리는 그르바비차 경기장은 전쟁 때 완전 파괴되었다가 다시 세워졌다. 축구 시합을 했던 운동장은 묘지가 되었고, 사라예보에서 죽은 수많은 사람들 무덤으로 운동장이 가득 찼었다. 그러나 이제는 사람들이 모여 축구 시합을 벌이고 있고, 오늘은 보스니아의 영웅 디노 메를린 공연이 열리고 있다.

너로 인해 하나가 여럿이 됐어.

모두가 위대하고, 모두가 멋져

건강한 아이들이 학교를 가고

내 딸이 사랑에 빠지고, 내 아들 역시 사랑에 빠지고

세상 모든 사람들은, 오 멀리 있어도

모두가 똑같아.

디노 메를린이 공연 전 리허설을 하는 모양이었다. 사람들이 노래를 따라 불렀다. 나와 알리오사도 몸을 흔들며 따라 불렀다.

"나타샤, 누구니?"

사비나 이모였다. 우금만 회원들과 함께 장미를 팔고 있었다. 장미가 잘 팔려서 그런지 모두들 노래를 따라 부르며 몸을 흔들었다.

"나타샤와 같은 반 친구 알리오사입니다."

"오, 네가 알리오사구나. 반갑다. 이건 선물이야."

이모가 빨간 장미 한 송이를 내밀자 알리오사가 넙죽 받았다. 나는 돈을 내고 장미 한 송이를 샀다.

"엄마는요?"

"너희 엄마 오늘 상당히 바쁘다."

"왜요?"

"곧 알게 될 거야."

이모 웃음이 야릇했다. 알리오사가 내 팔을 끄는 바람에 더는

묻지 못했다.

나와 알리오사는 노래를 따라 부르며 경기장 안으로 들어갔다. 사라가 앞자리를 맡아 놓겠다고 했지만, 이렇게 많은 사람들을 헤집고 앞으로 간다는 건 무리였다. 디노 메를린을 자세히 볼 수는 없지만 대형 스크린이 잘 보이는 곳에 자리를 잡았다. 2층 관람석에서 보니 운동장은 보스니아 사람들이 다 모인 듯 빽빽했다. 모두 장미 한 송이를 든 손을 흔들었다. 나는 엄마를 찾느라 주위를 두리번거렸다. 알리오사도 엄마와 아빠와 케난 아저씨가 왔다며 주위를 살폈다. 케난 아저씨라니! 드디어 실물 영접을 한다니 가슴이 두근거렸다. 스크린에 손을 흔들며 활짝 웃는 사람들이 잡혔다. 모두 행복해 보였다.

펑! 펑펑! 불꽃이 밤하늘을 수놓았다. 드디어 기다리고 기다리던 디노 메를린의 공연이 시작될 모양이었다. 장미 한 송이를 든 첼로와 전자 피아노, 탬버린과 나팔 연주자가 나오자 무대가 꽉 찼다.

"엄마다!"

"케난 아저씨다!"

나와 알리오사는 동시에 소리쳤다. 수상한 남자, 아니 전범 사냥꾼이 엄마의 첫사랑 케난 아저씨라니. 카메라가 자신들을 비추고 있는 걸 확인한 엄마와 케난 아저씨가 손을 흔들고는 입을 맞추었다. 사람들이 손뼉을 쳤다. 엄마 목에는 내가 식탁 위에 올려

놓은 목걸이가 매달려 있었다. 엄마는 무척 행복해 보였다.

"나타샤, 여기 있었구나? 한참 찾아다녔잖아."

사라와 아리안이 숨을 헐떡이며 다가왔다.

"너희 엄마 봤지? 잘됐다. 드디어 쓰레받기를 찾았어. 그런데 너희 둘도 오늘부터 1일이야?"

"야, 사라."

알리오사가 다급하게 사라의 입을 막았다. 아리안이 알리오사의 손을 툭 쳐 내며 눈을 흘겼다. 알리오사 얼굴이 빨갛게 익었다.

"디노 메를린이다."

내 목소리는 함성에 묻혀 버렸다. 빨간 기타를 멘 디노 메를린이 무대 위를 걸어 나오며 손을 흔들었다. 디노 메를린 손에도 빨간 장미가 들려 있었다. 함성 소리는 거대한 파도가 되어 출렁였다. 우리는 하나가 되어 노래를 불렀다.

나타샤에게

'평화를 품은 집'에서 평화 길 찾기 모임을 5년 남짓 했었다. 대량 학살 범죄에 대해 알아 가는 모임이었다.

"보스니아에 같이 갈래요?"

어느 날, 모임을 이끄는 집장님이 전화를 주셨다. 보름 정도 집을 비워야 해, 선뜻 가겠다고 나서질 못했다. 답변을 기다리는 사이 내 손은 이미 보스니아를 검색하고 있었다. 영화 〈그르바비차〉를 보는 동안, 《사라예보의 첼리스트》를 읽는 내내, 마음은 이미 보스니아로 달려가 버렸다.

보스니아 헤르체고비나는 1992년 4월 5일부터 1996년 2월 29일, 1425일 동안 내전을 겪은 나라이다. 유고슬라비아로부터 독립을 원하지 않았던 보스니아 내 세르비아계 무장 세력 체트니크가 전쟁을 시작했다. 6.25전쟁이 남과 북의 이념 갈등에서 비롯된 것처럼, 종교 대립이 보스니아 내전의 한 원인이었다.

어제까지만 해도 서로 빵을 나누어 먹던 이웃 아저씨가, 무너진 담장을 고쳐 주던 옆집 아저씨가 총을 들고 이슬람교도를 무참히 학살했다. 이 책의 배경이 되는 모스타르에서는 가톨릭 신자였던 크로아티아인들이 이슬람교도들을 죽였다. 보스니아 내 세르비아인들은 보스니아계 이슬람교도를 절멸시키려 했다. 학살을 자행했고 여성들을 강간해 아기를 낳게 했다. 그렇게 태어난 아기가 나타샤였다.

나는 왜 이토록 잔인한 이야기를 쓰려 하는 걸까? 몸과 마음이 어수선산란했다. 결국 나타샤의 고통과 몸부림을 지켜보기로 마음먹었다. 자기 출생의 비밀을 알아 버린 나타샤가 행복하기를 간절히 바라면서.

"내가 부른 거 아시죠?"

나타샤의 속살거림에 나는 배시시 웃으며 고개를 끄덕였다. 꼭 만나야 할 사람은 시공간을 초월한다. 그 사람이 나타샤였음을 나는 이미 알고 있었다.

나타샤를 만나도록 보스니아로 나를 데려간 '평화를 품은 집'의 명연파 선생님과 미국에서 학생들을 가르치는 오세웅 선생님께 고마움을 전한다. 내 걱정과는 달리 내가 없는 걸 더 좋아했던 가족들 그리고 나타샤의 아픔을 세상에 알리도록 허락해 준 도서출판 다른에도 고마움을 전한다. 끝으로, 나타샤를 만나는 시간이 파란 하늘을 올려다볼 때처럼 평화로웠으면 좋겠다.

샬롬!

오늘의 청소년 문학 40

다른 포스트

뉴스레터 구독

체트니크가 만든 아이

초판 1쇄 2023년 10월 28일

지은이 장경선

펴낸이 김한청
기획편집 원경은 차언조 양희우 유자영
마케팅 현승원
디자인 이성아 박다애
운영 설채린

펴낸곳 도서출판 다른
출판등록 2004년 9월 2일 제2013-000194호
주소 서울시 마포구 동교로27길 3-10 희경빌딩 4층
전화 02-3143-6478 팩스 02-3143-6479 이메일 khc15968@hanmail.net
블로그 blog.naver.com/darun_pub 인스타그램 @darunpublishers

ISBN 979-11-5633-584-9 43810
ISBN 978-89-92711-57-9 (세트)

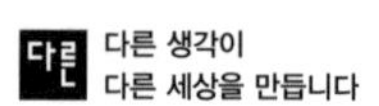